花亭鸟

the bower bird

[澳大利亚] 安·凯莱 著
李平 译

作家出版社

序

我还活着。

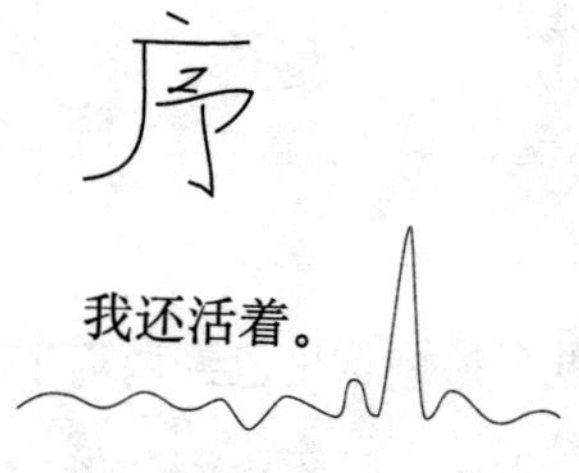

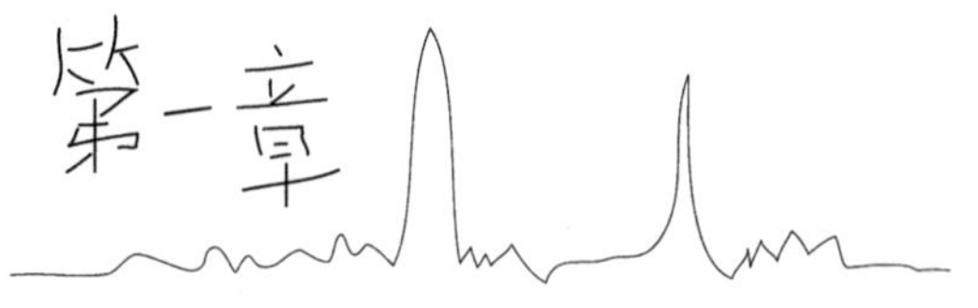

第一章

我们搬到这里已经两周了，我的身体还没有好起来，还不能到学校去上学。不过天气倒是一直很……温暖宜人？对，就是这个词，空气里弥漫着芳香。自从我们搬来以后，几乎天天都是阳光明媚，暖洋洋的，我觉得我的心脏一定能恢复到可以承受那个大手术。手术后我又能多活几年啦。

夜晚很冷。明亮的星星一颗接着一颗跃上晴朗的夜空。要用望远镜才能看清楚它们，不然那遥远的夜空就是一片美丽的蒙眬。我坐在窗边，倚着一个条纹花色的靠垫，感觉……很幸福。

我朝山坡下看去，小镇灯光点点。月亮升起来了，几乎是一轮满月，柔和的月光像一层薄薄的婚纱，笼罩着整个海湾。远处的灯塔每隔十秒钟就会眨动它那明亮的大眼睛。

我的床头灯亮着，惹得那些飞蛾一个劲儿地钻进窗子，扑到灯上去送命。为什么那些本来喜欢在黑暗中自由飞翔的小虫子一遇到点亮的热灯泡就非要撞上去呢？它们真傻。要么就是热灯泡会散发一种味道，像雌性飞蛾的味道，所以雄性的飞蛾就被吸引过来了。

即使到了深夜，海鸥还在四处飞翔，在黑暗中互相呼唤着。起风了，看不见起伏的海浪，却能看见被海浪托起的一只只海鸥，然后它们又飞快地俯冲下去，像一颗颗流星。

我们的小海鸥蹲在屋脊上，伸出头，看着那些飞翔的成年海鸥，满腹哀怨地呼叫着，好可怜。它肯定是看见那些正在学习飞翔的少年海鸥干净利落地降落在屋顶或烟囱上，得意洋洋的，哼，好像它们降落的地方不是屋顶而是悬崖峭壁似的。

我蜷缩起来，跷着脚，躲在一条厚厚的毛毯里。猫咪查莉也忙个不停，想让自己舒服起来，可她一丁点儿平坦的地方也找不到。她想让我在床上躺平，这样她就能趴在我的肚子上，或者胸膛上取暖了。她真的不应该坐在我的胸膛上，因为，即便在身体最好的时候，我的呼吸也不很顺畅。而且，不管怎么说，去年我十一岁时才刚做了开胸手术，治疗程序到现在还没完成。不过，那个手术白做了。我的心脏功能有好多缺损，原本计划分三个步骤修复，那个手术是其中之一。可是开胸之后他们发现我没有肺动脉，连一点机会都没有了，要修复的东西根本不存在。所以医生又把我的刀口缝上了。现在我身上的疤痕可吓人了，大得几乎把我分开两半，好像是被鲨鱼咬过似的。

可怜的查莉，她不明白为什么我不能让她坐在我的胸上。

该上床睡了，真不情愿离开那挂满夜空的、眨着眼睛的星星。我在读一本非常好看的书，叫《走向大地》，是玛丽·韦伯写的关于一个小姑娘的故事，她养了一只可爱的狐狸。玛丽·韦伯还写了好几本书，我得在“后备箱拍卖”[1]集市上仔细找找她的书，或者到二手书店去找，因为这些书都是很早以前出版的，现在可能已经不再印刷了。

像往常一样，三只猫咪把我吵醒了。查莉吵得最凶，她也是要求最多的。天刚刚有一点放亮，她就开始吵着要我起来喂她。她一边喵喵地大声叫着，一边跳到床上，气哼哼地走来走去，好像我是她的妈妈，她急着跟我要奶吃一样，而且越来越不耐烦了。如果我假装睡着不理她，她会真的发火。另外两只猫咪还比较有耐心，不过他们也瞪着我，目光里含着责备。我能明白他们看我的眼神。弗罗坐在五斗橱上，兰博趴在窗台上。

那天的拂晓真是一个粉红色的世界。窗外的一切都沐浴在温馨的玫瑰色的朝霞里，天空是粉红色的，大海是粉红色的，整个海湾都是粉红色的，还有远近的屋顶，砂糖似的海

---

[1] 卖家把要出售的东西放在汽车后备箱，开到指定地点，打开后备箱就地拍卖。物品以家用、园艺器物为主。

滩都变成了粉红色。记得我五六岁的时候渴望得到一件粉红色的礼服，就跟这种颜色一模一样，穿上它和我的芭比娃娃的衣服很相似。

等我摸到眼镜，穿好晨衣和拖鞋，把胶卷装在相机里，探身到窗外准备拍照时，那艳丽的玫瑰色已经变浅了，渐渐地成了耀眼的银白色，不过太阳还只是刚刚跃上沙丘，像一只红艳艳的大气球悬挂在空中。有一条小船正呼啸着驶出港湾，船尾拖起粉色的浪花，一群海鸥紧随其后，哑着嗓子嘎嘎地叫个不停。

那几只饥饿的猫咪在我身边转来转去，我只好放弃拍照了。查莉立刻兴奋起来，抢先跑下楼去，喵喵地催我快一点。另外两只乖乖地跟在我后边。

我得先去洗手间。每到这时查莉都很为难，因为她从来都拿不准这个时候是不是应该跟我一起进去，我洗澡时她总是和我在一起的，不过现在她更关心的是她那咕咕作响的肚子。

妈妈每天早上占用洗手间的时间越来越长了。她在那里都干些什么呀？妈妈曾经说过，自从我出生以后她就没有舒舒服服地大便过一次。开始是我声嘶力竭地哭闹。后来慢慢长大了，我就跑去一边拍洗手间的门，一边大声喊叫。我还是婴儿的时候，有一次连续哭闹了二十一个小时——当然啦，那不是因为妈妈，她可从没在洗手间待过那么长时间。妈妈说我很幸运，现在还活着，因为好几次她气得差点没把我掐死。很显然，睡眠不足会让人发疯的。

“妈妈，我要小便，快要憋死了。”

她正拿着把小剪刀，对着一面有放大效果的镜子，在她的鼻子里搞着什么，看上去让人挺不舒服的。

“天哪，妈妈有那么多鼻毛。你会把鼻黏膜剪破的。”

“这地方神经很迟钝，格西。等着吧，看你长大了会不会喜欢鼻孔里的这些毛。”

所幸我可能不会长那么大了。

妈妈又开始在她的脸上搞了起来，又是拔又是刮的，然后又把各种各样昂贵的软膏涂抹在脸上。对，这个词太可爱了——软膏。

“搞这么半天，有用吗，妈妈？”

“也许没什么用，不过，我现在还不想放弃。”

其实，在我眼里她挺帅的。不过，她生我的时候是四十一岁，所以现在真的很老了。我倒没什么，可这让她很烦恼。这会儿她又开始刮腋毛了。可真够麻烦的。我连阴毛还没长呢。我个子很小，比我同龄孩子显得瘦小，因为我的心脏要求我必须瘦小，那它就不会有太重的负担了。

“妈，今天我能帮忙拆箱吗？”

“好啊，我们打开外婆送来的那些比较小的箱子，看看里边有些什么。”

外婆个子也小，但很丰满。她会织毛衣，缝衣服，会用梭子编织，给衣服做装饰褶，还会刺绣。她不是做这就是做那，手里总是离不开活计。外婆家的院子就像是个大果园，能结出各种各样的果子：有醋莓、黑醋莓、红醋莓、覆盆子、罗干莓，还有草莓。我在那里常玩的游戏是把一个网球抛到平房顶上，等它从屋顶的排水槽弹回来时再接住它。另一个游戏就是拍皮球，沿着院子前边起起伏伏的矮墙边走边拍，看看能坚持多久。到后来，我能持续拍很长时间呢。

外婆家住在舒伯里内斯[1]，离伦敦很近。我们家以前就住在伦敦，那时爸爸还没有离开我们。

和我一样，爸爸也是独生子，他父母的老家就是我们现在住的小镇[2]。我从来没有见过那些亲人。

妈妈也没有兄弟姐妹，所以我也没有舅舅、阿姨，表兄妹什么的。现在妈妈是独身一人，不过我们还是姓史蒂文森。可是，在圣·艾夫斯至少有上百个姓史蒂文森的。不管怎样，我一定要找到我在康沃尔[3]的根。

爸爸一点忙都没帮。他一直说要把我们的家谱写出来交给我，可到现在他连个纸片儿都没弄出来。妈妈对这事是明确反对，她不想跟爸爸的家人有任何来往，而且认为他们也不愿意再和我们有任何关系，所以她不允许有一丁点和爸爸沾边的事，甚至只要我一提到爸爸，她就会气愤得牙齿咯咯

1 位于英国艾塞克斯东南，泰晤士河入海口。

2 即圣·艾夫斯，位于英国西南康沃尔郡，濒临大西洋，景色优美，尤以美术馆、工作室和工艺品店闻名于世，吸引了世界各地大批游客。

3 位于英国西南部，北和西濒临大西洋，南临英吉利海峡。境内多丘陵，气候湿润。畜牧业和花卉、蔬菜栽培规模大，并有采矿、造船等工业，旅游业发达。

作响，说话也结巴起来了。

在陡峭的山地那边有个叫游隼村的地方，我们在那儿租过房子。我认识了那里的野生动物保护人，她说她的亲戚中就有叫史蒂文森的。可是自从搬家以后不知怎的就和她失去联系了。我记得她好像叫吉妮。

人们怎么会这样不经意地进入我们的生活，又这样不经意地散去呢？真让人伤心。就像我在伦敦的朋友萨默，我叫她朋友，可是自从搬到康沃尔就没有再见过她。既然我们现在已经在自己的房子里安顿下来了，也许她能趁学校放假时过来住住，不然，恐怕再也见不到她了。

我想我很难再有机会去舒伯里内斯了，也闻不到那里的气味了，那是乌蛤壳的气味，还有海草和湿润的泥土的气味。一排排的海浪翻卷着，从远处飞快地涌向岸边，拍打着一眼望不到边的码头。舒伯里内斯的码头是全世界最长的。那里的海水是深褐色的，夹杂着泥沙，不像圣·艾夫斯这边的海水那么清澈湛蓝。不过那里的防浪堤是木头的，可以爬到上边走来走去，练习平衡。海滩上到处都是斑斓的卵石。我喜欢寻找白色的石英石，然后拿两块用力摩擦，直到它们迸出好看的火花。到了夜晚，光怪陆离的照明灯和霓虹灯把位于南城的金街照得如同白昼。我们常在那儿买炸鱼和薯条。大拱桥下边的砖路上有一排咖啡馆，一色的条格遮篷，塑料桌椅。连咖啡馆的名字都有海洋的味道，比如“美人鱼”、“驳船”、“船长餐桌”什么的。我第一次体验在餐馆吃大餐就是在那里。我爱吃香肠和菜泥，或者鸡蛋和薯条，每次都要点一杯茶。

外公外婆常带我到海滩上去捡卵石。他们总是租两把海滩椅，喝茶时的点心是鱼酱三明治和苹果。那时我还能不停地跑跑跳跳，爬上爬下。我在海滩上堆起一座座沙屋，然后从一个屋顶跳到另一个屋顶。（我给那些海滩沙屋都起了名字，“明媚阳光”、“幸福时代”、“温馨角”，还有一个用法语起的名字，意思是“我的家”。）

外婆常被我搞得提心吊胆，想方设法让我停下来；外公却总是鼓励我。

“你准行，我的小公主。”

我的长相一点都不像公主。我比同龄的孩子矮，瘦骨嶙峋的，脸色……我想应该用“有点发紫”这个词。关于我的头发，妈妈说是“深色的金发”，不过说实话应该是深灰色。“这颜色也没什么不好啊！”

“看，我的大象！”我从箱子里拿出一个大象团队，一共三只，一只比一只大，象牙都向上翘着，大象妈妈的脚趾上还有珍珠，记得它们是站在外婆家的窗台上的。这些大象是用深色的红木雕刻的。拿近看时，才发现它们都有碰坏的地方，不是耳朵缺了一角，就是象牙掉了一块。它们完好无损，神气活现的样子还清楚地印在我的脑子里。外婆常挂在嘴边的话就是：“小心别把它们碰坏了，亲爱的。”为了帮它们寻找更鲜嫩的牧草，我还给它们设计过一个穿越非洲的旅行计划呢。

在我的想象中它们是一家子，有爸爸、妈妈和宝宝。那时我还不知道公象是不帮助抚养幼象的，所以象妈妈只好自己抚养她的孩子。

箱子里还有一尊香槟色的石佛。记得我最喜欢把它抱在怀里，因为即使在大热天，它也是凉凉的，好像它真有点超自然的魔法。这尊石佛有一张笑眯眯的脸，看着它逗得我自己也忍不住要笑出来。耶稣，或者说上帝不会给人这种感觉。

“妈妈，我把它们放在哪儿啊？”

“你喜欢就放在你屋里吧。”

我先把它们放在楼梯上，等下次爬到我的阁楼间时再把它们带上去。楼梯上已经分门别类地堆着毛巾、床单、书籍，等等，就像出外旅行的一个个家庭在车站排着队，等候乘车回到各自的家中。

外公曾经在皇家海军服役。他去过世界各个地方，每次都要带回许多异国情调的纪念品。我们打开了一套日本茶具，非常薄的瓷，上边的小人儿和山水是金色和红色的。外公外婆曾经把它们珍藏在玻璃餐具橱里。

“拿出来用吧。”妈妈说。

“不过，这东西不是特别宝贵，值很多钱吗？”

“没什么，不过是日本出口的餐具。好东西应该让人享用。把漂亮的餐具放在橱子里接灰尘，那还有什么意义？”

我喜欢妈妈对这类事情的态度。如果我打碎了什么东西，她从来不大惊小怪。那些不就是让人使用的器物嘛，意外事故总有发生的。我拿起一只杯子，对着阳光看去，真个晶莹剔透，这东西的确精美。

“这些餐具可不能用洗碗机洗。格西，你得自己动手洗这些杯子。”

“放心吧，妈。”我开始学着老澳的腔调，就是澳大利亚口音。因为我新认识的朋友布雷特一来，我们就这样说话：别发愁！哇噻！

妈妈的房间在一层，就在我的房间下边。人们叫它“主人房间”，我想在我们家应该叫“主妇房间”。她房间里有一个很大的凸窗，窗外的景色和我的一样，当然视角低了些。这排房子朝南，一整天都能晒到太阳。门前的石板路上有一个水泥凳，坐在那儿可以看见太阳下山前的最后一缕亮光。我们常把椅垫放在石板凳上，坐在那儿，她喝威士忌，我喝新榨的橘汁，或者接骨木花[1]汁，边喝边海阔天空地聊着。

我觉得聊天时如果互相不看对方就会比较轻松。这会儿，我和妈妈并排坐着，目视前方，就像在车里那样。不论谈多么严肃的问题，只要不看着对方的眼睛就不会紧张。现在阳光还很刺眼，我们俩都闭着眼睛，像在梦中一样。每当这样和她聊天时，我都觉得和妈妈的心贴得很近。

“你难道不爱爸爸了吗？一丁点儿都不爱了？”有时我会这样问她。

---

[1] 忍冬科植物，开白色或淡黄色花，可制为茶剂，有发汗、利尿的功效。

“对，一点都不爱！见鬼去吧，他和别的女人睡觉，我为什么还要爱他?”

“好了，好了。我只不过问问。”

“格西，我受到的伤害是刻骨铭心的。他是坏蛋！背叛了我，不，是我们。他背叛了我们。”

“也是啊。不过，假如他想请你原谅，假如他还想和我们生活在一起，嗯，你会怎么说?”

“哼，我也许会说‘去他妈的’。”她对这个问题很不以为然，“不管怎样，我们现在生活得很好，不是吗?”

“嗯，我想是吧。”

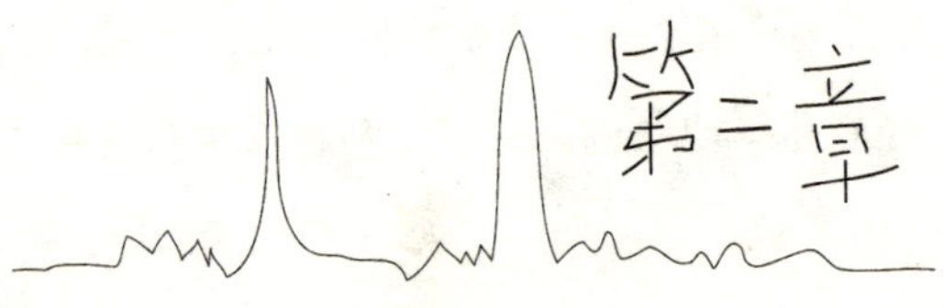

今天晚上妈妈和多布斯医生出去约会了。多布斯是他的姓，他的名字叫阿利斯戴尔。

我在家和洛恩太太一起玩拼字游戏[1]。她总是让我不费力气就能赢。而且我老能抓到那些幸运字母——就是能得高分的字母，比如C，Q，还有X。我把拿在手里的字母全部用上，恰好是QUIXOTIC！就是“幻想家”的意思。怎么样？这可是我学会玩拼字游戏以来的最高得分了，七十二分！说不定也是拼字游戏有史以来的最高分呢。我拼的是一个由QUIX和OTIC两个词组成的复合词，所以得分加倍，除此之外还要再加五十分，因为我一次就把手里的字母全部用上了。而洛恩太太抓到的都是元音字母，不好用的。洛

1 一种英语文字版图游戏，字母的分数根据其在《纽约时报》等报刊的出现频率而定。

恩太太喜欢叫我“宝贝妞妞”，而且要特别在“妞妞”的“妞”字上加重语气。她想事情的时候喜欢吹口哨——经常吹的是圣歌，有时她也放开声音唱出来。我虽然特别喜欢拼字游戏，可我不喜欢这么轻而易举地获胜。或许洛恩太太老得已经不在乎输赢了？

“洛恩太太，你很老了吗？你多少岁了？”

“哈，我的年纪嘛，像我走过的路一样长，可是比我的牙齿和头发要少，你猜我多少岁？”

她边说边咯咯地笑个不停，真像一个浑身都是故事的神秘老太婆。“我的妞妞。你不知道问一位女士多少岁是不礼貌的吗？”

“为什么呢？妈妈就说她五十二岁了，可她的奶就像三十九岁的一样。”

听我这么说，洛恩太太捧着肚子，笑得前仰后合。

我喜欢和老人们在一起，不过不喜欢被他们紧紧地拥抱，也不喜欢他们在我的嘴巴上干那种事，你知道的，就是把嘴紧紧地抿起来，成个O字型，还硬要你说什么“肉肉”。不过说来已经有好多年没有人这样搂过我了。我觉得那样亲吻跟折磨人没什么两样，也只能哄哄那些还没有自我保护能力的小小孩儿。比如，大人们假装揪下你的鼻子，在你面前晃一晃，然后再给你安回去。你根本没想到，那只不过是他们把大拇指攥在手心里吓唬你，而你的鼻子一直就好端端地贴在你的脸上。只有很小很小的孩子才相信这套把戏，五岁以后就不会再上当了，不过圣诞老人和小天使是另外一回事。

记得我三岁那年的平安夜，坐在窗台上，看见了圣诞老人，还有美丽的驯鹿拉着雪橇欢快地奔跑。我真的相信我看到了他们。

要是能活到洛恩太太那么大年纪该有多好啊，一生中经历过那么多，懂得那么多！如果一个人能把一辈子听到、看到和读到过的事情都记住，那他一定是个非常有智慧的人。

有一位坐电动轮椅的老人常常沿着卡比斯湾[1]边上的一条小路行进，风雨无阻，陪伴他的是三只拾猎犬[2]，老人用绳链牵着它们。我觉得他看上去很威武，好像他乘坐的不是轮椅，而是骏马驾驶的战车，或者是猎狗拉的雪橇。不过，自从离开游隼村就没有再见到过他，有一段时间了。那时，我们会从汽车里向他招手，可是他并不回应，也许因为半身不遂而没有能力回应我们吧。我特别想知道他以前是做什么的，他肚子里一定有好多故事。还有一位特别老的老人，身上穿的斜纹布制服总是那么挺括，头戴一顶套叠式平顶帽，夏天换成草帽，一尘不染（我们叫他“笔挺先生”）。他每天早上都拄着拐棍，沿着卡比斯湾边的主路一直走到圣·艾夫斯，然后再走回来。他脸上的表情总是很忧郁，他住在养老院里。我

1 距圣·艾夫斯很近，但属彭维斯区，以有英国最长的乡间小路而著称。

2 亦称寻猎物犬，耐力持久，驯顺聪明，英国曾用做军犬，经训练可为盲人领路。

猜他一定很孤独。

大人们为什么总是把养老院建在很偏僻的地方呢？假如我能活到那么老，我希望自己身边还是很热闹，而不是置身事外，单等着生命结束的那个时刻。游隼村的山崖峭壁就是这样，寸草不生，一片荒芜。那时我就有远离大家、被社会抛弃的感觉。到了圣·艾夫斯就好了，周围有许多人，有许多事情发生着。

妈妈和阿利斯戴尔回来了。他又开车送洛恩太太回家，这让洛恩太太很开心。

妈妈脸色绯红，身上有一股股的烟味、威士忌酒味，还有酒吧里的啤酒味。她今天的发型很好看，不过裙子好像有点短。她准是爱上他了。

论相貌，阿利斯戴尔连爸爸的一半都赶不上。爸爸可英俊啦，他综合了基努·里维斯[1]和鲍勃·盖尔多夫[2]两个人的优点。再看阿利斯戴尔，大耳朵，大鼻子，大长脸，简直像一匹驽马[3]！不过他的眼神很和蔼，笑起来也好看，而且总爱系稀奇古怪的领带。做男人一定很没意思，每天上班都得穿那么乏味的西装。我想他们只能靠领带来打扮自己了。

这让我想起花亭鸟。雄性花亭鸟就是靠建造漂亮的鸟巢，甚至可以说是豪华的鸟巢来吸引雌性花亭鸟的。真有意思。

---

1 好莱坞影星。

2 朋克歌星。

3 劣马，跑不快的马。

“睡吧，格西。该睡了。上楼去吧，很晚了。太晚了！”

“你们去哪儿了，妈妈？玩得开心吗？”

“去了独桅酒店。不错，挺愉快的。”

“你们在那儿碰见熟人了吗？”

“没有阿利斯戴尔不认识的人。”

“那他会认识爸爸的亲戚吗？你说会吗？”

“格西，这是他第一次带我出去吃饭，怎么能问这样的问题？你自己问他吧。我要睡了。你也该睡了。累死了。你也很累了吧。”

“好吧，好吧，我去睡了。”

我磨磨蹭蹭地朝楼上走去，看见弗罗像哨兵似的站在楼梯口，就停下来，轻轻地拍拍她的头。假如在学校，她绝对是个优等生，她总能把另外两只猫咪管得服服帖帖，随时准备着听从她的召唤。我想我要是处在他们的地位也会听她指挥的。

说来有意思，在英语里“随时准备着”和“处在他们的地位”都是用“脚”呀、“鞋”呀、“袜子”呀有关的词组做比喻的，还有“理直气壮地”、“取代他的位置”、“彻底击败”，或者“惊得目瞪口呆”，等等……语言真是太有趣了。

我想去一所能学拉丁语的学校上学，因为拉丁语能帮我研究很多单词的词根。本地的学校虽然很不错，可是他们不开设拉丁语课。如果我想学就只能靠自学了。在我们原来住的地方有一本拉丁语的《小熊维尼》[1]，书名的拼写是：Winnie ille Pu。

你知道“大灰驴的小黑屋”用拉丁语怎么说吗？是Lucus Lucugris Joris。那里阴暗潮湿，像沼泽地似的，很凄凉的，这几个词的拉丁语是：tristis et palustris。

我还会用拉丁语说“洪水淹没的地方”、“我家的房子”。

对了，还有“聪明的维尼给长鼻怪设下的圈套”。我还行吧？

我把这些词都写下来了，这样就可以记住了。那本书的封底和封面都有地图，这些词在地图上都有。我喜欢看地图。“飞燕”和“亚马逊”[2]销售的图书背面经常有非常好看的地图。

妈妈说她参加普通中学德语口试时只会用德语说两个短句：一句是“他的大胡子让我认出了他”；还有一句是“我现在得回家了”。当时考场上恰好有一幅彼得·勃鲁盖尔[3]的画可以充作话题，于是靠着她在艺术方面的知识，她对付着跟考官聊了起来，虽然大多数时间她讲的是英语，可是考官被她给迷住了。不管怎样，她通过了。

我并不完全相信妈妈说的话，她吹起牛来特夸张。

妈妈还在地下室磨蹭着，把餐具放到洗碗机里，再把洗好的衣服放进烘干机，然后抱着她的热水瓶上楼回她的房间

1 英国作家米恩为他的儿子创作的漫画熊，后华特·迪斯尼购入并重新绘制，是世人喜爱的漫画形象。

2 网上书店。

3 彼得·勃鲁盖尔（1525~1569），荷兰画派巨匠。

去了。她像我一样怕冷。

知道妈妈就在我楼下的房间里，这种感觉真好。我能听见她在房间里走动，有时还能听到她打呼噜的声音呢。

我家的海鸥们已经都回到屋顶上，蹲下身来，把头藏到翅膀底下，准备过夜了。今天夜里是阴天，没有月亮。刮的是西风，也就是从房子后边吹过来，所以我可以放心大胆地开着前窗，不用担心窗子被风吹得吱嘎作响了。

明天我要去图书馆，找些关于诗歌的书。我们原来那个社区图书馆里有好多关于诗歌的书呢。

不知我能不能有机会见到“写作先生”了——这是我给游隼村的主人取的名字。真好奇他是干什么的。该不会是个还在服刑的杀人犯吧？或者是个著名的云游诗人？也可能是银行家？说不定是个贩卖毒品的家伙？要么是个枪炮手？能想象出的可能性真是太多了。长大了你愿意做什么？当枪炮手？货车管理员？要么就当餐馆的女招待？

我小时候最想当牛仔。后来当我明白我是个女孩当不了牛仔时，都要急死了。上帝为什么让我成为女孩呢？太不公平了。

之后很长一段时间里我一直穿得像个男孩子。我觉得把我的男孩情结化解掉需要时间。学会承认自己是个女孩，那可不是件容易事。

有时我躺在床上也会辗转反侧，想入非非。我想睡觉真是浪费时间，我可以用那些时间读书，享受生活。可是转念又想，做梦不也是生活吗？应该是的。我常常会做让自己非常兴奋的梦，这比平淡无奇的日常生活让人兴奋得多。有时猫咪会把我从美梦中惊醒（他们总是忙着捕捉什么猎物）。每当那时我就会怒火冲天，因为如果梦被打断了，就记不住了。记住梦里的事情为什么那么难啊？如果我记不住梦里发生了什么，就觉得像是被人欺骗了似的。

昨天夜里有两只鸟飞到我房间里来了。一只是白色的小鸥鸮，悄无声息地落在我的书架上。另一只是个子很小的花田鸡，浅浅的杏黄色的羽毛，尖嘴巴和两条腿都是黑色的，脚趾头很长，脚趾间的缝隙也很大。它准是把我的书当成荷花叶子了，小心翼翼地在上面踱来踱去，身体的颜色会随着它的走动变成红绿相间。我记得有一种鸟叫耶稣鸟，又叫莲花鸟，它们贴着水面飞翔，就像在水上漫步一样。

我非常喜欢这个房间。我把婴儿时代的全部家当都装在纸盒子里，放在书架的最上层：泰德熊已经很旧了，颜色都褪没了，我没有再给它取别的名字；那只熊猫是爸爸去德国旅行回来带给我的；睡狗原来是妈妈的，肚子上有一条穿睡衣时用的拉链；还有几个手工织的玩具，比如男孩儿诺迪，都是外婆给我做的。诺迪也旧得没有颜色了，不过他的帽子上有一只铃铛，晃一晃还会响呢。那只狗妞妞叫丽娜·伍福莱，穿着花格子衣服，还系着一条围裙。它是一只填充玩具，摸上去软绵绵的，我特别喜欢它。第一次去非洲的蒙巴萨岛时，我在途中把一个特别舒服的抱枕弄丢了，所以妈妈就买了可爱的狗妞妞送给我。

我和丽娜·伍福莱形影不离，还带着它去住医院呢。不过那可不只是为了我，也有它的缘故。因为我不在，它会寂寞的。它和熊猫、泰德熊，还有睡狗讲的不是一种语言。丽娜·伍福莱和我讲的是斯瓦西里语[1]。

打招呼时我们说jambo。

“怎么样，你好吗?”是abari。

回答“好”就是msuri。

“猫咪”是paka。

“天使”就是malaika。

“家禽”是kuku。

“狮子”叫做simba。

“蜜蜂”是nyuki。

“一点点”这个词组就一个字kidege。

还有“说到死亡，谁都逃不掉”，用斯瓦西里语说是：Kufa tutakufa wote。

说实在的，我大概就知道这些，不过我还有一个小本子，记了很多单词和词组，所以，理论上说我还能再多学会一些。

在非洲的第一个冬天，我们遇到了一个三口之家。他们有一个男孩，和我差不多大，也是三岁。他拼命想抢走我的丽娜·伍福莱。其实他已经有很多泰德熊和填充玩具了，可他

---

1 东非很多国家使用的语言。

就是认准了我的狗妞妞，非要不可。我妈妈又买了一只送给他。不过那只的头歪的角度跟我的丽娜·伍福莱不太一样。他就哭哭啼啼地闹个不停，还把新买的玩具摔到一边，大声吵闹着。他妈妈捡起那只可怜的玩具使劲掰它的脑袋，一边掰一边问："这样好了吧?"其实我看出来了，她是恨不能把她儿子的脑袋摆平，而不是玩具狗的脑袋。

我可不会这样虐待我的丽娜·伍福莱。

我的爱马正站在衣柜顶上看着我呢。那是我的婴儿学步车，一匹马，下边有四个轮子，马脖子里是一根金属杆，由于经常拖拽，上面的包布已经破损了，它的头随时可能掉下来，为这，妈妈差点把它扔掉。她把学步车放到外边大垃圾桶旁边的那天，恰好是垃圾车来收垃圾的前一天。后来下起了雨，她只好又把我的爱马拿回来了。唔，那已经是好多年前的事了。所以，我的学步车仍然和我在一起，当然已经修补好了，脖子上补了一块褪了色的旧皮子。现在它可是我们家的一员哟。

儿时的玩具还有我的诺亚方舟[1]，放在隔板上。它曾经是妈妈小时候玩的。那上边原本有手工绘制的木头小狮子和大象，牛和羊，河马和斑马，后来我又增加了许多小动物，都是我多年积攒下来的宝贝，有一只铅制的鳄鱼，一只玻璃猫，一只木头猫，还有我最喜欢的长颈鹿，是用骨头做的。

1 出自《圣经》故事。上帝为惩罚人类的罪孽，决定用洪水消灭人类。并吩咐"正直的人"诺亚造船，带上全家人和各种动物中的一对雌雄躲避灾难。洪水过后诺亚遵照上帝的指示，把方舟上的各种生物放出来滋生繁衍，遍布全世界。

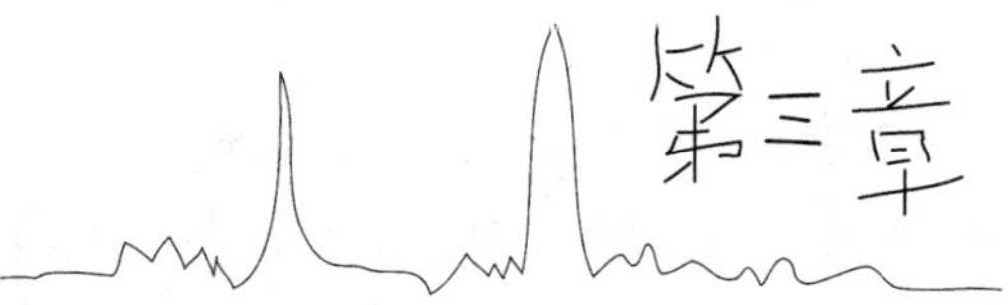

九月中的清晨和八月已经大不一样了，空气中飘散着一股清爽怡人的味道，海面上白雾袅袅，远处的沙丘和泰晤士河入海口都隐在团团簇簇的雾气之中，只是没有多少风，而且看得出，晨雾一散又是一个阳光灿烂的大晴天。天边的朝霞宛若薰衣草叶，泛着淡淡的紫光，映得整个天空像一面明晃晃的镜子。被厚厚的雾气笼罩着的海面如同夯实的白蜡一般晶莹闪烁，阳光不时钻过云雾泼洒下来，像无数颗亮晶晶的小星星在海面上跳跃。一层层低浪如同拱起的水银缓缓地爬向海滩。海湾另一端的格维辛[1]和戈德维[2]的上空也悬挂着战舰般的白云。

1 位于圣·艾夫斯以东，属彭维斯区，以其自然美景和三英里半长的金色海滩著名，是旅游胜地。

2 位于圣·艾夫斯附近，属彭维斯区，是著名的渔湾，其高大的灯塔吸引了世界各地的游客。

我觉得九月的清晨真像是一幅神秘的黑白照片，或者像一部深奥的法国电影，就是爸爸经常带我去看的那种电影，开头有很多字幕。

昨天晚上我们到帕斯美尔海滩[1]去看海浪了。那是真正的海浪。一个接一个的巨浪响雷般吼叫着，拍打着艺术馆的石墙和海边的房屋。我们和其他赶来看海浪的人们都紧贴石墙站着，看着一群群兴奋的男孩和女孩在海滩上欢快地奔跑，追逐着海浪，被海水打得湿透。直到大多数看海浪的人都回家准备晚饭的时候我们才离开。

就像来度假的人们一下子都走光了一样，海滩上的暑气也一下子消散了。夕阳下的小岛（圣·艾夫斯其实不是个岛，只是人们都这样叫它而已）已经从绿色变成了橘黄色。山坡顶上有一座小教堂，它让我想起保拉·雷戈[2]和她的水彩画《舞者》。不过也许那不是一幅水彩画，她有时也作巨幅蜡笔画。妈妈有好多关于水彩画的书籍，我们已经拆开纸箱，拿出来一部分了。

我们在圣·艾夫斯的新家并不是新式建筑，是维多利亚时代的式样—— 一排三层楼房中的一幢。我特别喜欢我的阁楼间，当然，我知道爬上爬下对我来说也许是致命的，不过，为了看到窗外的美景也是值得的呀：顺着一排排灰色和橘红色

1 位于圣·艾夫斯，英国的西南端。可以观看海上日落的壮丽景色，并有冲浪等各种海上运动和各种美食。

2 英国最著名的艺术家之一。

的房顶看过去就是美丽的海港，穿过港口可以看见高大的灯塔，还可以看得很远，很远。

我的床帮是白色铸铁的，新床单是我自己从商品目录里挑选的：粉色和蓝色的条纹中间夹着玫瑰花。非常女孩子气，和我平时的风格一点都不一样。

阁楼间的屋顶是个斜坡，和一楼的房顶衔接在一起。我在房间里挂了一幅漂亮的水彩画，跟窗外的景色几乎一模一样，只是角度略有不同。四壁和屋顶都是雪白的，棉布窗帘也是雪白的。只要外边的光线一有变化，房间里的色调也随之变化，一会儿淡蓝，一会儿淡粉，一会儿又是淡绿，再一会儿又变成了淡紫。你知道海边的天光的确总是不断变化的。坡顶上有一面玻璃窗，透过窗子，方方正正的一片阳光洒在我的床上。

我把外公外婆的一幅照片摆在五斗橱上，是爸爸给他们拍的。那儿还摆了一幅爸爸妈妈的结婚照，妈妈不愿把它放在自己的房间里，所以我就拿过来了。我猜想妈妈是不愿意回忆从前他们在一起时她有多快活。五斗橱上还有一张照片是我的三只猫咪一起滚在沙发上——那可是个十分难得的场景。

我们的新家距离热闹的大街恰好足够远，不至于被旅游者嘈杂的声音打扰。不过我们能听见“钓鱼游”的船工们用大喇叭招呼游人的叫声：“海豹岛，去海豹岛的船还有十分钟就要开船喽!”

我们距离商店和海滩又足够近，走到那里一点都不累，当然回来就是另外一回事了。不过，就是足不出户，我从窗子里也可以看见不断有人走上山来。人！又能和人们在一起，太美妙了。住在游隼村的时候我都开始自己跟自己说话了，要么就跟猫咪们说话，在荒凉的岩石堆里哪有人和你说话呀！

妈妈当然算不上说话的伙伴，她一张嘴就是警告我这不行，那不行，整天总是唠唠叨叨的：别太累了；不能到峭壁上去蹓跶；怎么能戴那顶帽子！诸如此类。你知道搬家之前我的确病得很厉害，妈妈都要愁死了。现在我们又住到城里来了，我想她的心情也会好起来的。

不过我很想念那些小穴熊，一到夜里它们就会悄悄地溜进厨房偷花生吃；还有塘鹅，它们夹紧翅膀，从岩石顶上箭一般钻进海水里的样子真可爱。我还想念那些爬上木板墙的蟋蟀，还有蛇蜥，那些家伙会突然出现在客厅的地板上，或者门口的脚垫上。

猫咪们常抓来小仓鼠和小田鼠美美地享用。离开游隼村以后他们很快就会忘记那些可怜的小东西了。没有了猫咪的“惦记”，小东西们也能迅速繁衍起来了。

噢，还有那些知更鸟，蓝山雀，还有绿黄色的科鸣鸟，没有我们为它们准备葵花子，这个冬天它们可怎么过呀？也许游隼村的主人该回去了？这么多个月，他都去哪儿了！

爬到山崖上还可以听到蛎鹬[1]和麻鹬[2]相互呼叫的声音。

在圣·艾夫斯，银鸥[3]都在房顶上筑巢，确切说，那些鸥巢都是早就造好了的。这会儿我们的房顶上正不断传来幼雏宝宝伤心的哀叫，从来没有听见过这么令人难过的声音。你看它耸起肩膀，缩着脖子，然后就制造出这种令人心焦的刺耳的喘息声。我真想把呼吸机的吸气管给它戴上。它就是不敢从房顶上滑翔下去，每次都是差一点点。当然，从房顶不论到前边的院子，还是到房后的小片平地上都有一段距离，挺高的。小银鸥不停地拍打着那双有花白斑点的翅膀，焦躁不安地蹦来蹦去，它多么想学其他海鸥的样子，在小镇里自由自在地飞翔，一会儿放声高歌，一会儿轻柔低鸣，一会儿又悄悄细语啊。海鸥是极善交际的动物。啊，身边有这么多海鸥，或飞翔，或嬉戏，它们欢快的叫声不绝于耳，这感觉太美妙了。附近一家的房顶上居然还有一对黑背鸥[4]呢。

小镇家家户户的房顶上都有海鸥寄宿，刮大风时它们或者蜷缩起身子躲在斜坡顶的椽槽里，或者偎依在烟囱旁边。做了父母的海鸥都特别尽职，它们的孩子长得和它们一样高

1 栖息于海岸，食贝壳及软体动物，是爱尔兰的国鸟。

2 一种涉禽，常在海边或海湾活动，其轻柔绵长的啼鸣最令人难以忘怀。

3 身体纯白，背与翅膀银灰色，有白色斑点。栖息于港湾、岛屿、岩礁和近海沿岸，喜欢群居。

4 世界上最大的海鸥之一，头和身躯为白色，背和翅膀是黑色，经常独自或成对觅食。

了还天天吵吵闹闹地要父母喂食。一看见海鸥爸爸或者妈妈落在房顶上，小海鸥立刻奔过去，伸着脖子不停地叩啄大海鸥的红嘴巴，直到海鸥爸爸或者妈妈吐出食物来喂它们吃——我是说看上去像是“吐出”的食物，其实应该叫反刍。

和寄宿在房顶的海鸥处在同一个高度上好处太多了，可以清楚地观察它们的日常起居。雄性银鸥个头儿大些，而且比雌性银鸥也更有威力，不过它们的语汇都极其丰富，可以用各种各样的方式相互沟通：呼唤对方时声音那么绵柔友善；生气时声音就变得尖利刺耳；有时会发出低沉孤独的呜呜声；有时能听见它们一边飞翔一边喃喃自语。我家的银鸥父母如果发现有别的海鸥试图降落在它们的地盘上，就会昂起头，愤怒地尖叫着警告那些胆敢入侵的家伙。

到了九月中，大多数海鸥都已经离开它们建在房顶上的“夏宫”了。可是我家的银鸥还得在这里再盘旋一阵子，因为它们的孩子到现在还没有学会飞翔。小海鸥一定是夏末出生的。

我也出生在夏季的尾巴。

妈妈正忙着拆开从伦敦带来的东西。在游隼村时因为是暂时租住，那些纸箱都没有打开过。她坚持要我每天下午好好休息，所以现在她在楼下忙活着，而我却无所事事地待在楼上，不时有她的歌声传上来。妈妈心情肯定不错。我希望她幸福。

洛恩太太正帮忙清洗陶瓷器皿。每只杯盘上都有包装报纸油墨字样的痕迹。我觉得留着那些油墨字样吃饭时读不是很有趣吗，可妈妈一定要把它们洗干净。洛恩太太又像往常一样大声吹着口哨。她真有点像是游隼村留给我们的纪念。她是洛恩先生的妻子，洛恩先生是游隼村的花匠。新家的院子小得几乎难以转身，所以不需要花匠，不过院子里可以拉开一条晾衣绳还有一小片草坪。院子的栅栏也很别致，乍看上去像是铁栅栏，其实是木头的。打开木制的院门（那木质让你觉得也像是金属的），外边是一条沿着这排三层楼房铺就的小路，路尽头的那幢房子是九号。脚下的山坡有点陡，站在这里，下边的小镇和港口尽收眼底。我喜欢这个新家。

妈妈一连好几个月在圣·艾夫斯寻找合适的房产，最后在我生病的时候买下了这幢房子。我迫不及待地要搬进来，想着在小镇里可以结交些新朋友，也可以到处走动走动。现在我已经恢复得很好了，确切说，是比几个星期以前感觉好多了。

事实上我正在等着做心脏和肺的移植手术，虽然还可以多多少少地四处走动，但是常常会气喘吁吁，而且脸色会比正常时更紫。我不是说正常人的脸色是紫的，而是说我自己平时脸色就发紫。爬这座小山对我来说是个挑战，好在半山腰里有个旧板凳可以歇一歇。如果需要，山路的台阶上随处可坐。

医院随时可能找到适合我的捐赠器官，所以我身上配了一部专门的呼机以备他们通知我。为了我能有一点机会再多活几年，不知道是谁就要死去了。我尽量不去想那个陌生人，不去想是他的器官将要被移植到我的身体里，带动我的呼吸，带动我的血液在我的全身流动。

一步一步走过去吧。[1]

仔细想来，“将来”这个东西只是人们想象的，其实它根本不存在。真实存在的只有“现在”，就是眼下这一刻，还有记忆中的过去。

过去对我来说是重要的财富。在我的一生里我做过许多有趣的事情，所以我拥有十分美好的回忆。然而，将来会怎样？嗨，我们不是说了，没有叫“将来”的那个东西嘛，只有今天。我的座右铭是：为今天而活着。这也是妈妈的座右铭。我现在拥有的一分一秒都是无价之宝。

还是回到我的房间里来吧。弗罗、查莉，还有兰博都已经琢磨明白了，我会在这间小屋子里度过我的大半时间，所以他们也纷纷把自己的大本营安置好了。弗罗懒洋洋地趴在藤椅上的坐垫里；兰博精神抖擞地站在地上，一道阳光洒在他身上，活像特拉法尔加广场的狮子[2]；查莉当然像往常一样赖在我的膝头。从游隼村搬过来时，他们仨死也不愿挤在一只篮子里，可那最多只有十分钟的车程啊。兰博居然尿了自

1 作者在这里引用了一句著名的歌词：“One Step at a Time”。歌词大意是生活中要发生的总要发生，不要着急，一步步走过去。

2 特拉法尔加广场坐落在伦敦市中心，广场中心竖立着巨大的圆柱形纪念碑，纪念碑底座的四角各有一只威武的铜狮。

己一身，他晕车，胆子特别小，什么都害怕，真可怜。一到新家，妈妈就忙着先给他把下身洗干净。

搬进新家的第一周，三只猫咪都藏在我的床底下。我得钻到床底下去喂他们，把猫食碗和水盆儿放在离他们很近的地方。我们把兰博的污物筐放在门口的脚垫旁边，暂时让他们仨共用。不料却在脚垫上发现了一两块“小礼物”。我猜想，准是那两只母猫认为污物筐是兰博的领地，所以不愿去碰它。

弗罗最具探险精神，几处最好玩的地方都是她第一个发现的：鲍尔格林街5号的楼梯、壁橱、地毯，还有高高的隔板——那是她最喜欢的地方。三只猫咪中只有弗罗不仅会四下张望，而且还会审视她的上方。她就像个侦探似的，不把所有可能藏身的地方调查清楚不罢休，更确切说是一定要把所有可能逃生的出路搞清楚。她不愿意被圈禁起来，所以必须要找到逃跑的路径，也许她有幽闭恐惧症[1]吧！我倒觉得她是三只猫咪中最聪明的，查莉的绿眼睛虽然很讨人喜欢，可我不得不承认她算不上特别聪明。

而且只有弗罗喜欢和我一起做游戏，尤其是吃完早饭以后，有时我们甚至玩得忘了吃早饭。弗罗百玩不厌的玩具是从塑料牛奶盒子上拆下来的小塑料圈儿。她把它假想成小老鼠，用力抛出去，然后紧随而上，扑过去，把它弄死。她的想

[1] 因进入狭小、黑暗的空间而产生恐惧，并伴有心悸、出汗、晕眩等症状。

象力真生动！另外两只猫咪在一旁看着她，很不屑的样子，其实他们根本搞不懂弗罗在干什么，而弗罗一点都不会觉得难为情，照旧玩得很开心。她热爱生活，我佩服她。她能和我一起玩滚球游戏，她把球推给我，我抛回给她，她居然能接住球，再把它传回来。

弗罗会让我想起外婆。外婆会打板球，还经常去跳舞，而且她会和老太太一起跳舞。你能想象吗？如果能有机会跳舞，我一定要和男孩一起跳，我情愿死也不会和女孩跳的。我不是说我有过跳舞的经验，而是觉得和女孩一起跳舞好像怪怪的。我也知道一点儿该如何吸引舞伴的礼节。举例说，就应该像马赛部落[1]里那个跳得最高的男人一样。可是我不明白老年人为什么还要跳舞呢？除了锻炼身体，想不出别的原因了。要么是寡妇，或者鳏夫，他们跳舞是为了寻找伴侣吧。

我知道有些鸟类也有非常复杂的跳舞仪式。比如雄性大鸨[2]，它们会展开宽大的翅膀，高高地昂起头，显然是要彻底展示自己的伟岸雄姿。

外公不去跳舞，他觉得不需要再保持那种雄姿去吸引外婆了。

我好想念他们啊！他们是世界上最好的外公外婆。去年外公去世时，我动手术住在医院里。没过几天外婆也去世了，

1 肯尼亚和坦桑尼亚的游牧、狩猎民族。

2 栖息于草原和半荒漠环境，是当今世界最大的飞翔鸟类之一，也是雄鸟和雌鸟的体形相差十分悬殊的鸟类。

死于伤心过度。那年我十一岁。

他们坐在一只很旧的绿色沙发里一起看电视的样子还清楚地印在我的记忆中：外公外婆手拉着手。

像一对年轻的情侣，他们手拉着手。外公穿着一件白色无领衫，银色的松紧吊带把挽起的袖子吊到胳膊肘上边，露出胳膊上的文身图案，已经褪色了。外公有一把旧摇椅，我小的时候常坐在他的膝头，祖孙俩一起摇啊，摇啊。他身上总有一股熟悉的烟草味儿。有时他脸上会粘上一小块儿卷烟纸，不是在腮帮上就是脸颊上，薄薄的像面巾纸一样，就是那种叫瑞斯莱牌的卷烟纸，那一定是他刮胡子时不小心把那地方弄破了。外公经常拿一只烟卷卡在耳朵后边——留着等会儿抽。他抽的烟都是自己卷的，还教我怎样卷烟呢。当然啦，这事我从来没有跟妈妈说过。

因为心脏的问题，我反正永远永远也不可能抽烟的。不过我真的搞不懂，既然吸烟最终会让人得气喘病，喘得上气不接下气，而且有可能导致癌症，为什么人们还非要抽那种东西呢？假如人的身体能进化成透明体，能清楚地看见身体各个部位的状况，那我们就不会吃进那些太油腻的食物，让脂肪把动脉血管堵死了。如果看到毒品怎样伤害大脑，人们也就不会吸毒、酗酒，或者拼命抽烟了。不然，看着不断吸进的烟雾把肺都包裹了起来，那情景有多可怕呀！

我要是不被气喘困扰就高兴死了。原来我能跑能跳，能参加各种体育运动，那种痛快的感觉我一直也忘不了，最让我兴奋的是戴上潜水面具去游泳。可是自从好多年前我知道仅仅为了活命，我的心脏都得加倍工作，我就连想都不敢想那种运动了。我觉得小的时候我还是挺正常的孩子。至少，自我感觉还算正常吧。

我的病叫肺动脉闭塞，是一种罕见的先天性疾病。得这种病的人通常都会夭折。我算是幸运的。此外，我的心肌也有缺损。不过我血液中的氧饱和度还能达到一定指标，所以，我能活到现在。随着我不断长大，心脏已经承受不了过重的负担了，因此，我需要做那个大手术。

“妈，妈妈——妈妈!”

楼下的口哨和歌声戛然而止。

“出什么事了?”

“外公的摇椅哪儿去了?”

“送给他的板球俱乐部了。”

“啊，你为什么不给我留着?”

“格西，我不想跟你吵。”她扯着嗓门儿喊道。

不知道这会儿谁正坐在那把摇椅上？外公的名字有没有刻在椅子上？淘气的男孩子们会不会抢着坐上去摇个不停？该不会有人在椅套上留下烟卷烧煳的洞洞吧。

外婆总是给摇椅挂上一个椅套，是用镶着花边的、有绣花的布做的椅套。我敢说板球俱乐部不会有人想到这一点。唔，那些油乎乎的脑袋会把椅背蹭脏的，像医院候诊室里的椅子那么脏。一想到外公最喜欢的摇椅遭到这般虐待，我心里很是郁闷。

还是看看我的猫咪们吧。兰博是三只猫咪中胆子最小的。平时他倒是可以摆出一副绝妙的皇家风度，趾高气扬，威风凛凛的。可是只要有谁站出来跟他叫板，他调头就逃，而且藏得踪影全无。他总是退缩。在弗罗面前他是个胆小鬼倒也是有原因的。弗罗有时很凶猛，的确有点可怕。她无所畏惧，争强好胜，而且会欺负别的猫咪。这样说她我也是无可奈何。不过我觉得她也许是看不得另外两只猫咪那么软弱无能。她耐心不够。即便如此，我还是喜欢她。她有胆量，有一股豪气，而且风度非凡。弗罗是当仁不让的女族长，是阿尔法女性[1]，是老板，是蜂王，是妈妈，是领头猫。

猫是不喜欢换地方的，所以搬到这里来的第一天，为了让他们喜欢这个新家，按照习惯我给他们每只爪子上都搓了黄油，还给他们弄了很多好吃的东西，有意大利脱脂干奶酪、咖喱鸡肉什么的。我还没有放他们到外边去玩，因为大门上的猫门还没有修好。我已经看见过周围邻居家的猫在街上玩耍了，所以我的猫咪们也得出去认识新伙伴，并且解决好各自领地划分之类的事情。

唐浪街[2]的卵石小路上，房子中间窄窄的巷子里，还有山坡的石阶上，到处都有猫。有黑的，灰的，浅橙的，还有花斑

---

1 在希腊字母表中，阿尔法是第一个字母。阿尔法女性指成功女性、强于男性的女子。

2 圣•艾夫斯的一个小区，卵石小路纵横交错，两旁都是维多利亚时期的建筑，是度假胜地。

猫，有胖乎乎的，也有瘦一点儿的，各种各样。西后街那边一家的窗台上趴着一只怪怪的猫，全身几乎没有毛，身体是粉灰色的，两只耳朵奇大无比，可难看了。

新家屋檐下边有一圈壁柜，又深又黑，我担心猫咪们会从里边找到出逃的道路，所以还没有放他们进去过。这样一来，他们就只好百无聊赖地在窗台边上嗤嗤地磨牙齿，好像看见小鸟儿在面前，准备好扑上去，抓来美美地吃一顿一样。你听，他们的牙齿又咯咯地响了起来，像冻得牙齿打战似的响个不停。也许他们是在说什么脏话吧，用猫的语言骂街？说：要是不听我的，就把你咬碎撕烂，让你不得好死之类的脏话？

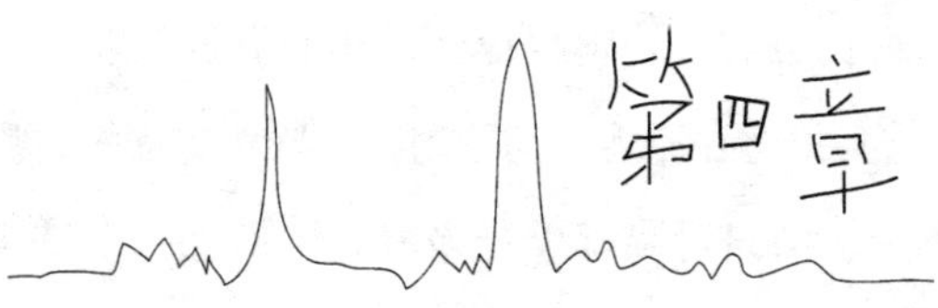

第四章

妈妈正忙着把一个鸟食架钉在院子里。鸟食架的样子有点像是棵铁树——一颗又高又瘦的铁树，树上分两个枝杈，枝杈的尽头向上翘起，可以把鸟食罐挂在上边。我们已经买好了一袋花生和一袋葵花子。

新家的院子虽然小，可是有树，有灌木，还有蒲公英，足可以为各种昆虫、蠕虫和毛毛虫准备一个衣食无忧的家。我们这条街大约有四十幢房子，我家的院子和邻居们的院子连在一起，就成了一条绿色的长廊，再加上山坡高处各家院子里也都种满了各种植物，小鸟儿们一点都不用发愁食物和栖身之所了。

我把一个坐垫放在台阶上有太阳的地方，坐在那儿看着妈妈。三只猫咪躲在我身后，仔细观察着我们的新家园。我起身给妈妈把葵花子送过去，只需走六步就可以穿过那一小片草地。

不用说，肯定是弗罗第一个跟着我走进这片陌生的领土。她可真勇敢。查莉在她后边，蹲得极低，小心翼翼，左顾右盼，以防不测。只有兰博在原地一动不动，他躲在走廊里，满腹狐疑地吸着鼻子。两只母猫都十分谨慎，她们把每个草尖都闻了一遍，想侦察清楚以前这里是谁的领地。突然，只见弗罗张大嘴巴，“喵唔”一声朝前扑过去。我不由得大笑起来，弄得她很尴尬，转身冲进门里，跑到楼上去了。这可吓坏了兰博，他拔身而起，箭一般蹿到了厨房里。院子里就剩下了查莉。她跑到木板凳底下，对着一袋盆栽植物的肥料闻个不停，引得我也蹲下身来，和她一起打量起那袋肥料来了。

“哈，妈妈，快看，这儿有一只蟾蜍。”

妈妈正使足了劲儿往地里夯实那棵铁树。她也喜欢蟾蜍。

“你要是喜欢，我们可以挖一个微型池塘。”

“太好啦！蝌蚪！我们会有许多蝌蚪的！”

“还可以养金鱼。”

“那可不行，妈妈。金鱼吃蝌蚪。”

“是吗？”

“当然啦。”说实在的，她怎么这么无知呀？

我突然想到，热带鱼在电影里的境遇都非常悲惨，尤其在动作片里。如果片子里有一只大鱼缸，五颜六色的小鱼在里边游来游去，糟了，过不了一会儿，它们就只能在地板上挣扎了，鱼缸准会被打得粉碎，水流一地，一连串的枪声，四处飞溅的鲜血，还有血淋淋的内脏。可那些制片商们还会一如既往地宣称“电影制作过程中没有伤害任何动物”。他们没有提到鱼，是不是？这是不需要赔偿的暴力。一点不错，就是这样。

我已经开始列名单了，下边这些电影里都有打碎鱼缸的场面：

1.《阿拉贝斯克》。

2.《致命武器2》。

3.有一部电影，罪犯撕碎了装金鱼的塑料袋，可是我想不起它的名字了。那个故事的高潮是主角最终在假山石底下找到了宝石，而那个假山石在鱼类收藏家的水族馆里。

4.《一条叫蓝黛的鱼》——电影里的鱼缸也许没有被打碎，但是鱼被活活吃掉了。

鸟食架钉好了，棒极了。我们都回到屋里，让小鸟们自己慢慢熟悉它们的铁树吧。查莉也跟进来了。弗罗和查莉都坐在窗台上，一丝不苟地开始她们的小鸟观察。

“查莉，那只小蓝山雀嫩嫩的，一定特别鲜美，记住喽，”弗罗指点着，“不过，你可不能碰它的头，很硬的，不值得花那么大力气。”

我们和邻家的房子中间有一道矮矮的石墙，墙上长满了缬草和野生金银花。她家屋门外边有一道防雨廊，从建筑功能角度讲，它算是从前院大门到花玻璃房门中间的隔离区。这里的房子都建有防雨廊，可以躲避风雨。我家房门上的花玻璃特别好看，四角是红色的方形玻璃，两边的长条形玻璃是深蓝色的，中间镶的是白色磨砂玻璃，上面还有雕刻的花纹，是一只船锚。

这时，邻居走出房门，系着围裙，端着一筐洗好的衣服，身后跟着一只姜黄色的猫，她坐在台阶上，任由那只猫在她身上蹭来蹭去。

“你好。”妈妈和她打招呼。我们都作了自我介绍。她笑容可掬，个子不高，也很瘦，弯着腰，跟我想象中《小红帽》里的外婆一模一样。她把花白头发梳在脑后，挽成一个髻。人们叫她托马斯太太。她的猫叫尚戴。托马斯太太围裙上的图案是花和草，颜色和墙上的缬草一样：粉、白和红色交错。她把洗过的女式内裤、背心，还有袜子什么的都晾在绳子上，然后用一根长竿子把晾衣绳支起来。托马斯太太告诉我们她不是康沃尔人，老家在德文郡[1]，嫁给了本地人，丈夫两年前去世了，直到现在她还沉浸在对他的怀念中。她走回房里，很快又出来，手里捧着一帧丈夫的照片，是镶在镜框里的。他生前是救生艇的船员。“他带走了我一生的爱。”托马斯太太喃喃着说道。

1 与康沃尔郡毗邻。

住在游隼村时，有一次我沿着海边的小路边走边看空中飞翔的小鸟，在那里遇到了“特尔莫”[1]，他是澳大利亚人，已经开始上中学了。如果我身体好，下个学期也该上中学了。我病得很重时他还来看过我，只是我当时昏昏沉沉的，连睁眼的力气都没有，所以不记得看见他了。他不喜欢体育运动，在这一点上他跟别的男孩子不一样。事实上，他以为我喜欢体育。他长着一头蓬松的金发，嘴巴微微向上翘着，也非常喜欢读书。他的真名叫布雷特。

收音机正在播送“荒岛唱片”[2]，我想也应该有荒岛图书系列，远游的人可以选出自己最喜欢的八本书，带到荒岛上读。

我已经列出了几本我最喜欢的书，假如有一天我成了名人，被邀请到这个节目去做嘉宾，我就介绍给大家。它们是：

保罗·加力科的《珍妮》

AA·米尔恩的《小熊维尼的房子》

凯瑟琳·曼斯菲尔德的《短篇小说选》

杰克·伦敦的《白方》

乔治·艾略特的《米尔德马契》

简·奥斯汀的《傲慢与偏见》

1 TLOML，即“The Love of My Life”。

2 BBC音乐节目专栏，已有近半个世纪的历史。唱片迷选出最喜欢的唱片称之为“荒岛唱片”，既指数量有限、必须慎重精选、可供反复聆听的唱片，也指终极唱片。除了娱乐更得是值得膜拜参详的经典。

JD·塞林格的《麦田里的守望者》

法布尔的《昆虫记》

威廉·戈尔丁的《蝇王》

哇，都九本了，可我只能带八本，还得好好想想可以去掉哪一本。

我很想带一本关于如何辨认各种鸟类的书，适合在荒岛那样的地方辨认鸟类的书。还想带些诗歌。可是，我还不太懂诗，不知道该带哪一本。看来下一个自学项目应该是诗歌。只要能坚持读书，我也能学得像在学校一样多，不过数学不行。对啦，当然不能忘了《圣经》和《莎士比亚全集》，这两部书我还都没有读过呢。“奢侈品”带些什么呢？

我会非常想念查莉的，不过我知道去荒岛是不允许带宠物的。那就带上足够的纸和铅笔吧，我可以把看到的都记录下来。我要写日记，说不定还能写几首诗歌什么的，还可以把那儿的动物、花草、飞鸟都画下来。我想我一定能在荒岛生存得很好，甚至连眼镜都不会碰坏的。可是他们没有告诉我们应该怎样才能到达荒岛。要是船触礁了，我想应该能游到荒岛上吧。唔，路上别忘了收集所有用得着的东西，比如绳子、火柴、蜡烛，还有能吃的东西，就像《鲁滨逊漂流记》里讲的一样。鲁滨逊还有狗、猫和许多只鸡和他做伴呢。除此之外他还有那些从前死去的游客们留下的双筒望远镜、地图、书、水晶吊灯、银刀叉和衣服什么的。说不定在荒岛上我也能身穿参加舞会的礼服，头戴船长帽，吃着鱼子酱，用香槟酒下菜呢。

我们在非洲过冬的时候就是整天吃可可豆和香蕉，还有木瓜和鹰嘴鱼。除了有人帮我们烧饭洗衣之外，那里的生活跟在荒岛上没什么两样。不过在荒岛是不用扫地的，对吧？只要收集一些树枝，把它们捆绑成扫把，打扫一下棕榈叶子编成的床垫子就可以了。我自己生活应该没有问题。我要训练一只鹦鹉，还要一只小猿猴，要么一只丛猴也行，总要有个伙伴可以说话呀。

第五章

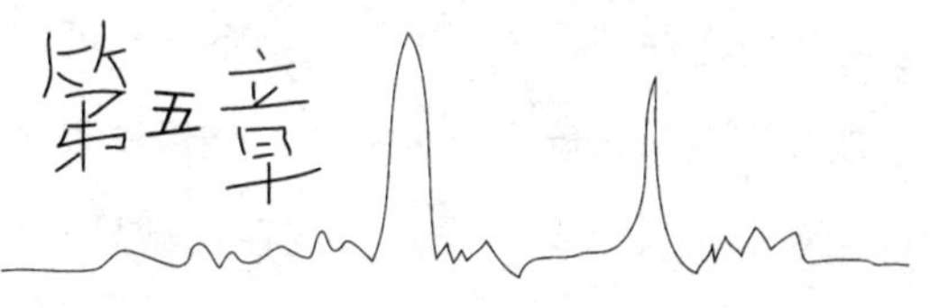

小鸟们用了四天时间才慢慢适应了为它们准备的那棵铁树。我又给妈妈出主意把它挪到花圃里边去了，因为花圃里的灌木可以把铁树干围得严严实实，小鸟一吃饱就可以飞进树丛里去了，排队等候时也可以在灌木丛中歇息。飞来我家院子里最多的是绿金翅鸟，它们也最贪吃，特别爱吃花生和葵花子。其次，经常光顾铁树的还有一对漂亮的金翅鸟，我从没见过那么绚丽的羽毛，真可谓叹为观止。唔，对了，还有许多八哥。

我喜欢八哥。它们长得并不漂亮，大大的黑脑袋，显得很愚钝，走起路来样子也笨笨的，整个身体看上去就像是用黑白毛线编织的，太阳光下，油黑的羽毛中闪烁着丝丝的青绿，跟刚从水里捞出来的鲭鱼一样。我喜欢八哥是因为八哥算得上天底下最爱说话的鸟了。我喜欢听它们叽里呱啦地说个不停，末尾还总要有一个长长的、调门很低的唿哨。八哥的语言比大多数鸟类的语言都要复杂，也更有意思。

一只八哥正站在我窗外的电话线上对着天空叫个不停，叽里咕噜的，还不时打个长长的唿哨。我真想知道它在说些什么，大概有什么话要告诉它的祖先，要么就是感谢上苍给了它生命？福尔街上常有很多八哥走来走去寻找面包屑吃，可惜街上漫步的行人好像根本没有意识到它们的存在。其实我觉得八哥比橱窗里展示的那些商品有意思多了，什么冲浪板呀，比基尼呀，还有用机械表部件组成的相框画什么的，哪里比得上爱说话的八哥有趣呀。

我非常高兴在我们的“居民”里发现了一只知更鸟，它甚至会把我们放在鸟食罐里的吃食先磨碎，然后再吃。（知更鸟会磨碎东西吗？）蓝山雀、大山雀，包括麻雀都常常光顾这里。（游隼村那边没有麻雀，也没有八哥。）

猫咪们已经开始外出活动了。虽然猫门还是没有修好，不过我们不关大门，他们可以随便进出。可以开着大门而不用担心安全，这真是太好了。凯姆顿镇[1]可做不到。要是不关大门，用不了半个小时准会有从伦敦北边出来的流浪汉蹲到你的院子里来了，而且转眼间你的院子就会变成一个交易的场所，说不定会有倒腾毒品的人在你家门外聚集起来，甚至

1 属于伦敦行政区，以露天市场著名。

还会有人开枪，或是往灌木丛里扔垃圾。

兰博还是不愿意出去，只管懒懒地坐在门口的脚垫上看着另外两只猫咪。到了晚上，妈妈还得把他的污物箱拿到房间里来，因为他怕黑。他可真是个小捣乱。前窗的窗台上有个垫子，他就睡在那里。

他怎么一天到晚睡觉？大概是觉得日子太索然无味了吧。猫咪并不是生来就这么懒洋洋的，不过如果不能像弗罗那样有一肚子鬼点子，就只好靠睡觉打发日子了。一个人如果有创造力，他的生活就充满愿景，而且总觉得有事情要做。咳，猫咪又不是人，它们不过是人的宠物，吃饱穿暖都靠人供给，不需要打猎谋生，甚至连性别都没有了，因为他们都被一股脑儿阉割成中性的了，难怪他们感到乏味，难怪他们整天昏昏欲睡。

淅淅沥沥的雨下了一天。只有一小会儿，太阳钻出低沉的云层，洒下几道阳光。抬头看飞在空中的海鸥，只见它们的白肚皮都被映成了好看的金粉色。

我还在忙着列出我最喜欢的书单。《杀死一只知更鸟》很好看。故事的英雄是做律师的父亲，发生了一起强奸案，他勇敢地替被指控的黑人辩护。那个故事还告诉我们一个孩子怎样在成长中学会勇敢面对恐惧。还有一本惊险小说叫《牙买加飓风》，作者是理查德·休斯，讲的是海盗船上的杀人犯劫持孩子后发生的事情。故事一开始就刮着可怕的飓风，孩子们的小花猫泰比被一群野猫残忍地撕成了两半。第二遍读那本书时我才意识到真正的恐怖远远超过这个情节。作者有意把那些难以言传的深深的恐惧留给读者自己去体味。

至于要不要把《蝇王》带到岛上去，我还得再想想。那个故事讲的是战时一大群小男孩生活在没有成年人的荒岛上，后来他们很快就变得十分凶蛮，互相残杀，很恐怖，也许会让我做噩梦的，还是不要带它了。

我觉得自己有生动的想象力是很幸运的——虽然妈妈说这东西太多了并不好——可是既然我的身体像监狱似的把我锁住了，我的大脑还可以如此自由自在地徜徉在想象中，这难道不是很幸运吗？

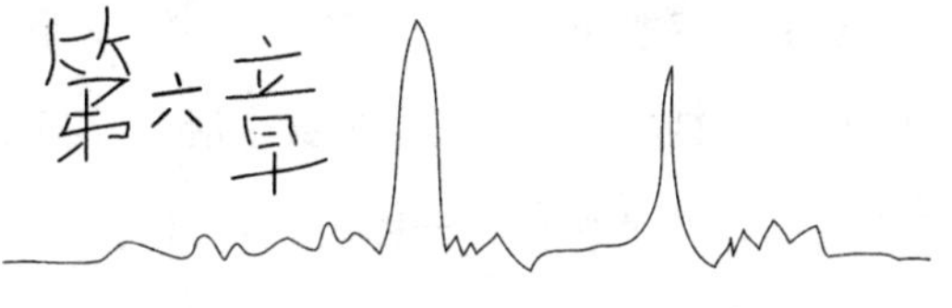

你听我们这个小镇的街道名字多有意思：鸡鸣场，爱巷，锡安山，强身广场，戒酒街，维珍街；还有我和妈妈刚刚走过的那条街叫鱼街。

我们来到小岛和港口之间的一小片海滩上，那儿有一家咖啡馆。我和妈妈坐在露天餐桌前吃午饭，沐浴着温暖的阳光，尽情欣赏着动人的海滨风光。

不断有麻雀钻到桌子底下，跳来跳去，寻找面包屑吃，胆子大的甚至跳到桌子上。小一点儿的麻雀抖搂着身上的绒毛眼巴巴地等着它们的父母来喂食，看上去很是招人怜爱。还有两只俊俏的小八哥，它们没有那么勇敢，不过我们也让它们美美地吃饱了肚子。小八哥的胸毛已经显出黑白两色，但头上和肩上的羽毛还是淡淡的棕色。近处好像没有它们父母的踪影，我猜它们大约已经可以自立了。等在餐厅附近觅食，一日三餐都可以吃得饱饱的，八哥能找到这么好的地方寄养它们的孩子，真聪明。到了冬天，咖啡馆都停业了，它们就到福尔街去，和它们的朋友一起在面包店附近寻找食物。

我喜欢在圣·艾夫斯逛街，比逛超市有趣得多，无论是在福尔街还是在特金娜广场都能买到香喷喷的面包和馅饼。东后街的鲜鱼店叫史蒂文森店——说不定我们跟他们还是亲戚呢。他们有鳕鱼、黑线鳕、鲭鱼、海鲈鱼、胭脂鱼、比目鱼、鲂鱼、蟹肉干、龙虾、贻贝、沙丁鱼、鲑鱼、鲮鱼、扇贝、大虾等各种应时海鲜，井井有条地摆放在大青石板上。鱼品周围堆放着一包包冰块，中间夹着许多大片的柠檬帮助保鲜。不论什么时候，这里的海鲜都能跟伦敦哈罗斯百货[1]的顶级鱼品媲美，甚至更新鲜，因为鲜鱼是刚从海里打上来的，而史蒂文森鱼店距离海边比哈罗斯百货近多了，不是吗？哈，鲜鱼就出在我们这个地区，和我们用同样的邮政编码呢。

小的时候，我不吃鱼，不吃肉，不吃奶酪，不吃鸡蛋，好像什么都不爱吃。妈妈说我只吃炸土豆片，各种坚果和冰激凌。不过那些事我都不记得了。她说因为我出生后几个月一直是靠在鼻子里插根管子，把食物硬塞进食管的，所以我不能把美味的食物和享受生活联系在一起。

1 伦敦著名高档百货商店，经营商品从古玩收藏到食品百货一应俱全。

不过现在我可学会享受美食啦。我最喜欢吃的东西是一种汤——是妈妈用自家做的汤料，再加上新鲜的蔬菜做的一种汤。

我告诉你妈妈最拿手的法国洋葱汤是怎么做的：

汤料：鸡肉、鸡架、洋葱、胡萝卜、芹菜，以及任何新鲜蔬菜（也可以用素汤料，用妈妈煮的菠菜、生菜、土豆什么的）；

把几大片洋葱放在黄油里炒至糊状；

放进控干水分的汤料，煮炖约二十分钟；

用一只厚砂锅，把圆形的法国干面包片整齐地摆在底部；

在面包片上撒上一层厚厚的格鲁耶尔奶酪；

浇上少许汤料；

再码一层面包干；

再撒一层奶酪；

将剩余的汤料全部浇上；

置入烤箱，不盖盖儿，烤大约四十五分钟，或者说烤到食物的表面变得焦脆，呈金黄色即可。

这道“汤”可不是汤汤水水的，它稠稠的，黏黏的，放到第二天会更好吃，要是再加一点红酒就堪称美味佳肴啦。法国孩子经常这么吃，是爸爸告诉我的。他是个法国迷，不管什么东西只要是法国的他都喜欢。

可是为什么一提到亲戚关系他就变得糊里糊涂呢？他说过要给我一个名单，把他的堂兄弟、表兄弟什么的都列出来，可直到现在连一个字也没写出来。爸爸总是特别忙。他在伦敦一家电影档案馆工作，经常到世界各地去参加各种电影节。以前他是摄影师，也做制片人，可是不知怎的他拍的片子都没有在电影院里上映过。他送给我一架旧照相机——尼康马特。机身是金属的，银、黑两色，很重，不过我很喜欢它的分量。你把它稳稳地拿在手上，按下快门拍照片时不会轻飘飘地晃动。

我想给圣·艾夫斯拍些照片，那些古老的小房子，房前的袖珍花园都很迷人。我还可以记录下现在人们在这里生活的情景，留给子孙后代看。比如，没有院子的人家晾在门前街上的衣服。还有猫咪，我可以为每一只猫咪都拍些照片。

爸爸还送给我好多35毫米的黑白胶卷，都是感光度400的慢速胶片，也就是说，在光线暗的地方拍照时可以不用闪光灯，比如在房间里。我只用50毫米的镜头。不停地换镜头太复杂了，而且我也背不动那么重的器材。爸爸告诉我不要把事情复杂化。他说好多外行都只关注摄影器材而不关注最终拍出的照片，他们眼里只有硬件，像小孩子摆弄玩具似的。他坚信用标准的50毫米镜头就可以拍出绝对好的照片，那最接近人们用肉眼看到的真实景物。

爸爸为外公外婆结婚纪念日拍的几张照片就特别好，那是在他们去世前一年拍的。这件事爸爸做得好。他摄影作品里的人物都显得很自然，爸爸有各种办法让他的拍摄对象感到轻松自然。

妈妈爸爸经常带我去参观在伦敦举办的摄影展。有一次我印象特别深，那是著名摄影家卡尔特斯的作品展。卡尔特斯出生在匈牙利，住在美国。他参展的许多照片都是用35毫米单镜头反光相机从高处向下拍的，俯瞰街道、花园，取景非常独特。爸爸说，一个摄影家要创造作品，而不是简单地拍照，拍照听上去像是在偷窃。他反复告诉我："你给人家制作照片之前一定要先得到人家的允许，不然就像是小偷。"

从高处往下看，不论是人还是物体都好像缩短了，显得十分滑稽。照片的阴影很重要，光线的明暗在黑白照片上能得到充分的展示，用彩色胶片得不到这样的效果。

我也可以从我房间这样俯瞰下边的院子，只可惜院子里不够热闹，躲在树丛里的鸟几乎看不见。

我从阁楼间的窗子探出身子，对着晾在院子里的衣服曝光了几张胶片（就是拍了几张照片），风吹得被单呼啦啦的，一忽儿鼓起来，一忽儿摆下去，像是合着拍手的节奏在翩翩起舞。其实，我不太敢从高处往下看，不过从取景框往下看完全不一样，那是一幅幅镶在镜框里的画，而且是我作的画，一点儿不会觉得头晕目眩。什么东西可以取进画框，什么东西不可以，完全由我决定。我不允许电线杆子和电线进入我的画面，聚焦的时候就把它们甩到画框外边去。然后我又给站在电线上的八哥拍了一张，它正抬头对着天空说话，我就突出了它的喉咙部分。

哎哟！我的帽子差一点掉下去，那是阿利斯戴尔给我的海军蓝色棉布帽。帽子上有一顶王冠和三只狮子，是英国板球队的队帽。以前我戴的是外公送给我的一顶很旧的呢帽。最开始戴它是因为我还小，而且想当个牛仔；后来戴着它是因为外公已经不在了。还有戴着那顶帽子让我觉得自己像印第安纳·琼斯[1]，他头上总是有一顶帽子，甚至游泳时也不例外。我的那顶帽子被一阵大风吹走了，吹到大海里去了，再没浮上来过。我喜欢帽子。

查莉正懒洋洋地蜷曲在蓝色条纹椅垫上。我想给她拍个特写，她的优势在于她本身就是黑白两色的猫咪。只见她眯起一只眼睛，满腹狐疑地打量着我。给猫咪拍照片最大的麻烦就是它们最渴望得到别人的注意，可一旦发现你用镜头对着它，它就会径直朝你的镜头走过来，结果取景框里全是它的脑袋和胸脯，还有一条竖起来的尾巴。查莉张大嘴巴打个哈欠，舒展开来，把她的白爪子朝我伸过来。哈，小乖乖，我得去挠挠她，一看见她的爪子，我就忍不住要去挠她痒。

我刚刚开始和查莉亲近，弗罗就显得很不自在。她两只眼睛眯成一条缝，紧盯着看我抚摸查莉，可等我转过身想去抚摸她时，她却掉头跑开了。过了一会儿我从她身边走过，

1 斯皮尔伯格和乔治·卢卡斯合作的电影中的主角。

她突如其来地抓了我一把，怒气冲冲的，好奇怪。她怎么啦？噢，我明白了，她是因为没有得到我的爱抚，才用这种方法告诉我她很难过。这是她知道的惟一的方法。所以，从那一刻起，我特别注意在亲近查莉之前一定要先对弗罗表示出充分的喜爱，而且要夸张一点儿才好。弗罗第一，她必须是第一。弗罗是阿尔法女士嘛，她很明白她的优越地位，先前是我忘记了，现在不会了。

圣·艾夫斯的房顶大多是金黄色的，远远望去，像是一丛丛盛开的毛茛花把幢幢屋舍都藏在了花瓣下。我探身窗外，细细地研究着那些附着在地面上的、呈芥末黄色的菌类植物。我发现它们喜欢围绕一个个圆圈生长，像微型环礁似的，不过长到接近中间的地方就停止了，留下一个光秃秃的圈圈，好像剥下来的橘子皮。有的菌类植物也会开花。透过镜头聚焦看那些环礁似的菌类植物真像在珊瑚丛中潜水一样。

说起潜水，我太兴奋了。我喜欢在非洲潜水，那是我一生中最愉快的时候，永远不会忘记。非洲的一切都充满神奇。那里有巨大的千足虫，像一串缩小了的火车车厢。有一次，我把它放在我的胳膊上，看着它怎样慢慢腾腾地往我的肩膀上爬。妈妈吓得直发抖。那里的蜥蜴也非常可爱，身上长着蓝黄斑点。它们吃蚊子，房子的外墙和屋子里的墙壁上到处都是。我们住的那座房子叫鹈鹕别墅。

说来真巧，我们住的地方总是用鸟的名字命名。我在想能不能给现在住的房子也起个鸟的名字啊？八哥巢？海鸥屋？

鸥坊？鸥礁？金翅雀峡谷？知更鸟客栈？或者叫雀塔？金翅雀峡谷听起来不太像房子的名字。

非洲有好多蟑螂，我的床底下就住着一对儿，妈妈讨厌死那东西了。我不许妈妈把它们扔出去。不管怎么说，相对于我们它们才是那里的老住户呢，那是它们的家园。我拿面包屑喂它们。它们还算友好，整夜在床底下忙碌着，像挖井凿洞似的。屋外有很多特别大的蝴蝶和螳螂，那儿的甲虫不仅个子大，发出的声音也大得像风驰电掣的轻便摩托车。最好玩的是退潮时去岸边的礁石缝里寻宝，一定能找到各种各样生活在海边的小生命，有贝类和甲壳类的，有海葵、海蜇，还有海蟹什么的。

到了圣·艾夫斯我又能去寻宝啦，好几处海滩边上都有礁石围成的小水池，比如小岛旁边的帕斯美尔、珀斯威登；博物馆那边的小海滩——我不知道它叫什么；还有珀斯敏斯特海滩和卡比斯湾，还有好多呢。

游隼村那边也有不少岩洞、水池，但是都得爬过很陡的坡才能到，所以我没办法到很多地方去“探险”。不过我们也捞过贻贝。妈妈用贻贝做菜时要加很多切碎的洋葱和白葡萄酒，而且，之前一定要用流动的自来水把它们彻底洗干净，或者把它们圈养在清水里，放在很凉的地方保存，到拿来烧菜时才会干净。

贻贝看上去有点倒胃口，像压扁了的刺猬，不过闭上眼睛，吃起来真有一股新鲜的海洋味道。

托马斯太太也在她的阁楼上。她正打开窗子，把给海鸥准备的面包放好。也许她觉得那只公海鸥身上有她死去丈夫的灵魂吧。她一看见我就跟我挥手打招呼。妈妈说死在海上的海员都会变成海鸥飞回来。如果真是这样，圣·艾夫斯一定有许多失去丈夫的妻子和失去儿子的母亲，穆兹尔村，纽兰村，还有好多海边村镇的居民都悉心照料着自家的海鸥。

如果你爱的人都去世了，只剩下你一个人孤单单地活在世上，那余下的日子一定很难挨。

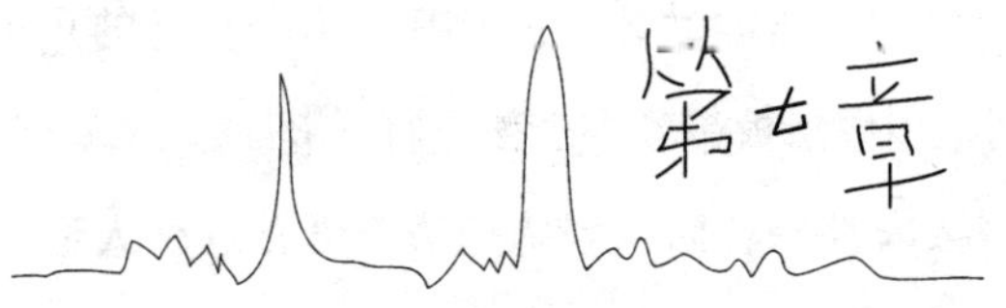

假如我出生在一百年之前，肯定连一周也活不过去。如果没有抗生素，没有洋地黄制剂——那是一种从洋地黄的叶子中提炼出来的治疗心脏病的强心剂，我早就夭折了。要不是有了移植技术，有了捐献器官，我根本不可能活下来。出生在二十世纪，我是幸运的。

我和妈妈到我最喜欢的帕斯美尔海滩野餐。我们在艺术家画廊下边的花岗岩石墙旁选个地方坐下，太阳很低，像挂在海面上似的，一个个汹涌的海浪呼啸着翻卷而来，抽打着岸边的岩石。天气很暖和，穿T恤衫一点都不冷。海滩上还有不少来海边度假的人，一个星期的阳光浴已经把他们个个都晒得黝黑黝黑的了。我们附近的沙滩上竖着一架梯子，通往一座海滨度假屋的大门。一群人正坐在梯子下边喝酒，有白葡萄酒和啤酒，还有一袋脆果蔬在他们中间传来传去。那群人当中有几位看上去已届中年，有两个婴儿，三个蹒跚学步的幼儿，还有几个大一点儿的孩子上下奔跑着，用毛巾做滑板带着小小孩儿们玩滑沙。

海滩上大多数人都躲在防风屏障后边，惟独这伙人迎着海风说笑嬉戏。

“格西，别盯着人家看，不礼貌。”

“我没盯着。”

“你就是在盯着。”

我确实是在盯着看他们。我常干这种事，这的确是个坏习惯，不过我真的对人们的一切都感兴趣，一点都不亚于人类学家对失落族群的研究兴趣，所以我管不住自己，总是不由自主地盯着别人。我认为这比对身边的一切都麻木不仁要好。

住在游隼村时我只能观察身边的自然世界。这里则不同了，有那么多人可以观察。你看，那群人中有一位可爱的女人，身材高挑，古铜色的皮肤，怀里抱着的婴儿那么小，应该不是她的孩子。她的脸甜美中透着温柔，说不上漂亮，但比漂亮更有味道，洋溢着热情和善良——是那种肯定会为别人担心的女人。她的丈夫看上去年纪比她大，脸上布满了皱纹，晒得黑极了。看得出，他名气不小，是个像教父一样的人物，不断有在海滩上散步的人绕到这边来和他打招呼，不是用那种亲吻他的戒指或者手的方式，而是坐下来，喝杯葡萄酒，或者啤酒，聊聊天。

“他肯定认识很多人，不知他是不是也认识爸爸家里的人?”

“格西，怎么又提这事!”

“什么事?”

“你知道什么事。不要再提他了!”

“哇，快看，妈妈!”只见那只怪异的大耳朵猫正站在梯子顶上，看着沙滩上的这一家人。这时一个女孩儿爬上梯子，把那只猫抱下来，放在一块毯子上，轻轻地抚摸着它。

我特别想过去和他们打个招呼，可是不知怎的突然间感到一阵羞涩。这是怎么回事？以前我可是从不怕见生人的，是不是因为我已经长大了，开始觉得向陌生人表示友好有点不自然了？我命令自己起身，朝那只猫走过去。挨到近前，弯下身来，仔细打量着。

“你好。我能摸摸它吗?”

那个女孩儿金黄色的头发，白皙的脸庞，像小仙女似的点点头。于是我伸出手，小心翼翼地去摸那个怪怪的造物。它的背上只有一层稀薄的，卷曲的绒毛，根本算不上毛皮，最多只能说像一层薄薄的丝绒或是毡毛。它没有眉毛，脸上也没有毛，粉色的肚皮松松垮垮地挂在肋骨上，稍微一动就荡来荡去的。

“摸上去怪怪的,”我说，“它叫什么?”

“沃伯特，猫身人面，这是返祖现象。”小姑娘告诉我，“不过它可聪明啦，走到哪儿都知道带上自己的毯子。”

真可怜！它的眼睛向外凸着，耳朵巨大，不论是看着还是摸着都有一种说不出的怪异。它的皮肤汗涔涔，热乎乎，摸上去黏黏的。我猜想没有人会喜欢抚摩它，更不会有人愿意把它搂在怀里吧。

“我得把它送到屋里去了，不然它会被晒伤的。”她轻轻地拎起那只猫，抱着它爬上梯子去了。

这个小镇里叫史蒂文森的人太多了，我从电话簿中查到叫史蒂文森的人中有两个是卖鱼的商人；一个水管工；一个建筑师；一个专门操办丧礼的；一个游泳池工程师；一个酒商；一个专营室内装修的；一个房地产代理；一个开旅馆；一个搞出版，还有一个搞建筑的。除此之外，还有好多普普通通的、没有商务头衔的史蒂文森。

我琢磨着也许能以电话簿为指南，给所有的史蒂文森打电话，询问有关他们家庭的历史，看看有没有谁认识爸爸。嗯，不过也许不能这么干，那要花很多电话费的。下次爸爸来电话时，我得让他帮我出点主意。妈妈总说爸爸和家族的联系并不密切。

我已经注意到这一点了。

也许他觉得自己是只“黑羊”[1]吧，他说他是被“扔到巢穴外边了”。不对，这个比喻用乱了，“羊”住的地方不叫“巢穴”。爸爸刚有一点能力就急急忙忙地离开家乡自立了。

[1] 英语里“黑羊”有不肖子孙的含义。

妈妈把我带到这个小镇或许是命运的安排吧？康沃尔地区有好多城镇可以选择，比如纽兰，穆兹尔，迈洛，彭赞斯，还有法尔茅斯，都是很适宜居住的地方，可我们却偏偏选中了这里，这个至少有上百人叫史蒂文森的小镇。

我觉得命运安排我到这里来就是要我找到失去联系的亲戚，是我爸爸的亲戚。他不想做康沃尔人了，他“脚胀得靴子都穿不上了”（又一个比喻和“脚”相关）。

关于父亲的家庭我所知道的是：祖父史蒂文森是汽车推销商，一年到头可以开簇新的豪华轿车。我想他推销的是罗孚车。祖母史蒂文森太太穿着僵硬的紧身衣裙，头发不是染成粉色就是绿色，整天只管翘着小拇指品茶。

妈妈从来没有见过他们。他们不同意自己的儿子选一位岁数比他大的女人做妻子。

其实妈妈看上去并不老，不过她要刻意装得青春活力反而不好了。

不知什么东西，或者什么人弄翻了我们的垃圾箱，脏东西洒落一地。妈妈特别不高兴。在游隼村一遇到这种事，我就说是狐狸干的。可是在这里，在小镇的中心，会是谁呢？

外公外婆住在埃塞克斯的时候，每天夜里都有一只狐狸溜到他们的院子里偷好吃的东西（也许应该用“找”而不是“偷”，“偷”这个字太粗鲁了）。我常常借着昏黄的路灯看见它悠然自得地穿街而过，在进入外公的后院之前总要先钻到他们的汽车底下小做修整，然后才大摇大摆地进门来，享用各种零食。给狐狸留点小吃已经成了外公的习惯。不过他最喜欢的还是知更鸟。外公在院子里翻地除草时，小鸟总会唧唧啾啾地围着外公打转，甚至会落在他手里的工具上，不管是锄头，还是铁锹，或是随便什么工具。摆弄花草的事大部分都是外婆做，外公只负责园子里的重活，比如翻地松土。

我分管的事说起来有点让人恶心——从卷心菜上拣毛毛虫，再把它们丢到一桶水里淹死。当时我怎么没有想到抗议被雇佣虐待和屠杀这些小生命呢？

我很想知道，一个小生命在具有自己的个性之前智力能成熟到什么地步？很明显，狗和猫都有个性，都是一个个独立的形象，比如专横的弗罗，懦弱的兰博。那么知更鸟呢？小老鼠呢？几内亚猪呢？还有蟾蜍呢？如果人们对羊感兴趣，想到它们互相之间也会有亲戚关系，还会杀羊吃羊肉吗？

我从收音机第四台听到过一位奶牛场的女工说她的那些奶牛相互都认识，而且血缘关系能延续很久。她亲眼看到过和母牛分开一年的小母牛再见到妈妈时是多么的欢天喜地。欢快的奶牛？它是怎么表示欢快的？是跳起来吗？

是什么能让一个生命不仅仅活着，而且有活着的目标，有实现目标的满足？有对家庭的亲情和关爱？

我知道有些鸟是结伴而生的，比如天鹅，野鹅，还有鲭鸥。谁知道小昆虫是怎样生活的？假如我晓得蚊子也有思想，有情感，也有爱它的妈妈，我还会把它拍死吗？螃蟹，还有大虾会不会也能培养相互依恋的感情呢？我的天，我可不想就靠吃小扁豆、豆瓣汤和煮黄豆过活啊！

咳，我真的不应该去胡思乱想什么昆虫的死亡。我面前放着一碗西班牙凉菜汤，用番茄做的，一只黑苍蝇掉进去了，看上去就像小天使掉进了地狱，挣扎着，翅膀和腿脚都被黏稠的红菜汤牢牢地粘住了。

“你看它弄得满头满脸都是番茄！”我不忍心就这样看着它一点点地被淹死，于是赶快用汤匙把它捞出来，干脆利落地把它压死了。

“这下它的麻烦可比弄一脸番茄大多了。”妈妈不无揶揄地说。我觉得她有点冷漠无情。

我们回到家时发现院子里到处都是黑苍蝇和绿蚜虫，几乎每片叶子上都爬着蚜虫，我想都没想，一口气杀死了不知多少虫子，眼睛都绿了。真不明白，为什么我会对一只掉进汤碗里，行将被淹死的黑苍蝇充满怜悯，而对现在这种近乎疯狂的杀戮却丝毫不觉得愧疚？才仅仅两个小时，我居然从一个佛教徒变成了一个杀戮狂。

我知道什么是死亡，确切地说是我认为自己知道。死亡就是万事皆无，可我现在还不想消失掉。我想闻见弥漫在夜空中的忍冬花香，听见我的猫咪喵喵叫着欢迎我，我还想闻到旧书特有的那种书香。这个世界的一切我都不忍放开，天上的白云，灿烂的阳光。我想看见一条鲸鱼——我还从来没有见过鲸鱼呢。我想听见暴风雨中咆哮的海浪。我渴望着有个男孩来亲吻我的那一天。我想再沿着海滩奔跑。我想去美洲，去澳洲。还有那么多书我没有读过。我渴望活下去……

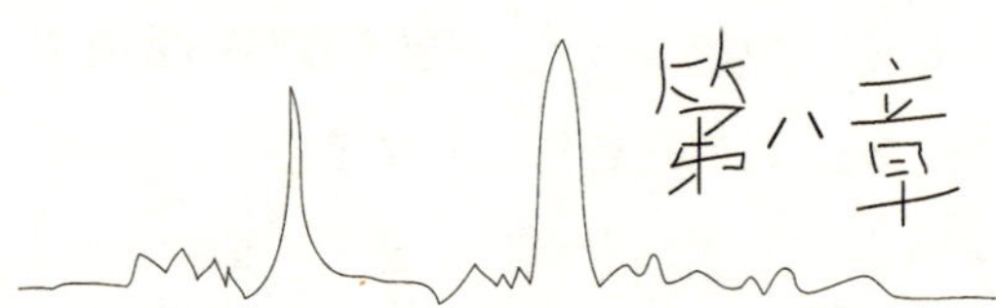

我们又在看《卡萨布兰卡》这部电影的录像带。每次看这个片子我都会哭，妈妈也是。

离别，我害怕所有的离别：飞机场，火车站，港口，哪怕是素不相识的人离别的场面都会让我难过，甚至是简简单单的一句招呼也会惹得我热泪盈眶——情感像病毒似的会传染。看见爷爷张开臂膀拥抱欢蹦乱跳地扑进怀里的孙孙，陌生人伤心地流泪，别人的欢乐和悲伤都会传给我。通过海关时你注意观察等在隔离区外边的人们，看他们眼神里流露出的盼望和在人流中寻找亲人时的急切，看一个个亲人团聚的场面，那种强烈的情感每每让我激动不已。我总想象自己就是那个离别多年又回到亲人身边的游子，是从战场荣归的英雄。男人的感情尤其让我动心，看着他们深情地拥抱妻子，拥抱母亲，拥抱孩子，或者男人间互相拥抱，我都感动得不得了。只有到了不得不长久的离别，甚至有可能是诀别的时刻男人们才会拥抱。铁汉的柔肠，铁汉的眼泪，多么……多么……壮美，多么感天动地。

我还记得外公外婆去世后爸爸伤心的样子。妈妈说，一连好多天他都是一个人挺着给朋友们打电话报告噩耗。直到他来医院看我，才突然一下子哭了出来。开始是啜泣，止不住的泪水涌出眼眶，到后来再也撑不住了，他抓着我的手（要知道他不能拥抱我，因为我身上插满了各种管子，连接着各种机器）呜呜地恸哭起来，过了好一会儿才勉强忍住肩膀的颤抖，边擦眼泪边大声地擤鼻涕。他哭的并不是他的父母，是妈妈的父母呀。爸爸哭起来的样子很让人揪心，他心里的悲伤一点儿都不会在脸上表现出来，因而也难以化解。妈妈不是这样，她哭过后鼻子会变得很红，而且像是被泪水泡发了似的铺满一张脸；眼睛也肿得像桃子，至少过一天一夜才能好。爸爸的脸上没有任何变化，他的五官完全不为感情所动，只是眼睛里噙满了泪水，像在眼睛里滴两滴甘油的电影明星，两眼水汪汪的。他告诉过我拍电影时演员们就是这么干的。摄影棚里的花样儿他都知道，他说那叫拍摄艺术。

我觉得爸爸应该是个电影明星，而不是制片人。他像杰拉尔·德帕迪约[1]、强尼·哈利代[2]，还有布鲁斯·威利斯[3]他们

1 当今法国最具实力的男影星之一，主演过《头号公敌》、《大鼻子情怪》等。

2 法国著名歌星。

3 美国影星。

一样，有一张很深沉、沧桑的脸。爸爸喜欢法国电影，有一次他还遇到过让娜·莫罗[1]，他说那是他一生中最激动的时刻。不过我喜欢法国电影可不仅仅是因为爸爸喜欢。

爸爸最喜欢看吕克·贝松导演的《这个杀手不太冷》。他带我在巴黎一家私人电影院看过那部片子。那家电影院真棒，可以向后倾斜的椅子像沙发一样舒服。哇，还有香槟酒哪！当然不是给我喝的，是爸爸喝，不过他让我抿了一小口。电影院的空气里都飘散着豪华的味道，好像有人在休息室里喷洒了整整一瓶薰衣草香味剂。那个小女孩叫娜塔莉·波特曼，拍这部片子时只比我现在大一点点，十二岁。她真漂亮！我特别喜欢她的发型，尽管我也觉得对她那么大的孩子来说那种发型显得有点奢侈，不过也许法国女孩都能找到技术高超的理发师为她们做头发。那部电影特别火暴。剧情有点复杂，不过因为有英语声道，还可以看懂。爸爸干电影这一行，所以认识电影业各种各样的人。

他失去了他的TLE——就是“可爱的埃洛伊丝[2]”，确实令人惋惜。埃洛伊丝是一位标致的姑娘，不知道她为什么要离开爸爸？也许因为总有人问“他是你的父亲吗？”这个问题让她烦了吧。或者女模特、女演员这种职业使得她不能和一个对她成名帮不上忙的男人维持长久的关系。这么说有点挖

1 法国女影星，影迷称其“有一种特殊的美和强烈的个性”。

2 出自中世纪法国一个凄婉的爱情故事，TLE是埃洛伊丝英文名“The Lovely Eloise”的首字母。

苦，或者说有点……我忘记那个词了，对了，有点嘲讽。

有一次老师批评我太“老于世故”了。我不记得说了什么惹得她这样评价我。我不觉得“老于世故”有什么不好，可她斩钉截铁地说不好，“老于世故”不仅不好，而且特别不好。她让我去查词典，弄清楚这个词的意思。我查了。

英语里“老于世故”这个词有好多意思呢：除了有“虚伪；装模作样；老谋深算；缺乏或者丧失纯真；难以琢磨”等意思之外，还有“精细，或者说是精致非凡；具有专门知识或技能造就的品质；也可以指讲究的有修养的生活方式，或者习惯于这种生活方式的人；拥有最时髦的装置设备”等等。

爸爸妈妈还会重归于好吗？不可能，不能再心存这种幻想了。妈妈十分肯定她不想再跟爸爸有任何关系了，百分之百地确定。而且她正在和阿利斯戴尔交往。他人还不错。“不错”这个词听起来有点模棱两可，不能确切表达我对他的看法。应该说他善良，诙谐，相貌也还算英俊——前提是你得喜欢马，虽然少了些英雄气概，但毫无疑问是个可以信赖的人。反正我理想中的男主角可不是他这样的，不过，到了妈妈那么大年纪也许就不能太挑剔了。

我很小的时候就发明了薯条三明治的吃法，就是拿两片面包，抹上黄油，中间夹上炸薯条。那时我从来不尝试自己没有吃过的东西，所以爱吃薯条三明治对于一个毫无美食概念的孩子来说已经是一大进步了，至少我对它表现出了兴趣。妈妈说她已经放弃要我吃健康食品的念头了，因为不管她怎么努力，总是以失败告终。直到她让我自己决定带到学校的午餐盒里装些什么，我才开始表现出对食品具有一点冒险精神了。我总是挑那些别人不会放到午餐盒里的东西，比如桃干、杏干、胡萝卜、葵花子、杏仁、芹菜。有一段时间我特别喜欢吃奥克斯欧干肉条[1]，那种浓烈的香味非常刺激，恐怕我有点上瘾了，一天要吃三块呢。不过现在受不了那个味道了。

我甚至喜欢西班牙木头的味道，就是那种嫩黄色的细枝，味道其实并不好。我会把小树枝放在嘴里，吮吸里边的汁水，直到把它吸干，剩下干枯的木头渣子。也许那时我正好需要那种汁水里的什么东西吧，说不定那里有什么人体必需的矿物质呢。不然怎么解释我为什么会喜欢那种味道呢？

我从婴儿时期就开始吃的药是把紫花洋地黄的叶子烘干研碎后制成的一种强心甙，它可以促使动物的心肌产生特定的运动，因而能使我的心跳保持规律。据说从前有一位苏格兰医生叫威廉·维瑟林[2]。他有一个心脏状况非常糟糕的病人。维瑟林治不了他的病，于是他就去找吉普赛人。有个吉普赛人给了他一种由很多成分制成的药，其中就有洋地黄，病人吃过之后感觉好多了。维瑟林医生进一步研制了这种药，第一次用于临床治疗的时间是在一七八五年。这都是阿利斯戴尔告诉我的，他也是苏格兰人。

---

1 用XO酒腌制的肉条。

2 威廉·维瑟林（1741~1799），英国植物学家、地质学家、化学家和医生，首次发现洋地黄的强心功效。

假如去荒岛，我能找到很多贝类食物。捡扇贝、乌蛤，还有其他蚌类，我很内行的。如果能找到山楂树，就一定能找到山菠菜，在埃塞克斯时外婆教过我怎样烧山菠菜，可以配面包吃。我还可以吃鱼，当然一定得能抓到鱼。大概还应该带上呼吸管和面罩，就算是我的奢侈品吧。载着我去荒岛的小船上会有个小厨房，我就用那里的刀子削一把渔叉，把它绑在竹竿上就可以抓鱼了。再用椰壳做个小渔筐。椰树是一种了不起的植物：树干可以用来做墙，盖房顶；叶子晾干后编好，可以铺在凉棚的地上；新鲜的叶子还可以做成各种图案的帽子；椰肉和椰汁都是绝好的食物；椰壳也有多种用途，放在火上可以当柴烧，还可以做成杯子或者饭碗；大个儿的椰树叶子根部都有一种像袋子一样的天然纤维，可以拿来做衣服和毯子；噢，还可以掏椰树上的鸟蛋吃呢。

真是的，我没听见妈妈刚才说什么，只好问："对不起？"

"别说'对不起'，直接问'你说什么？'"妈妈总要纠正我问话的方式。

可外婆正好相反，如果我问"你说什么"，她会啧啧地说："亲爱的，说'对不起'，直接问'你说什么'太粗俗了。"

我永远搞不清楚到底该怎样问。

今天是星期六，发零用钱的日子。拿了零花钱，我特别喜欢在小镇里蹓跶。到镇上去很容易，下山不到两分钟就到了。我先径直去图书馆待了一个小时，看见几个很小的孩子坐在矮凳上，正在翻看儿童画册，学习阅读。

“你好呀，格西？”

“哇，布雷特，你好！”希望我的老澳腔调会让他感动。

“你念什么哪？”他问。

“这本书我以前看过，特别好，还想再看一遍。”

我看的这本书叫《蓝礁湖》，作者是H·德·斯达普尔，好像是个瞎编的名字，他/她肯定有个像阿瑟·布朗那样的名字，听起来更好听，也更时髦。我是想从这本书里再找到些如何在荒岛上生活的提示。

我还发现一本现代诗歌选集：《每日一诗》。

“我找到了《银河系漫游指南》[1]，你看，多漂亮。”布雷特一边翻着书，一边说道。

“讲什么的？”

“说不清，我刚开始看，好像是科普故事，挺好玩的。疯狂，酷。”

“没错，我想起来了，我有那条浴巾。”

“浴巾？”

他不解地看着我，好像我脑子出了毛病似的。这个话题显然进行不下去了。

我有点不知所措。“你最近逮鸟了吗？”为了能和他继续聊下去，我急忙想出一个新的话题。

---

[1] 英国作家道格拉斯·亚当斯所著的科幻小说，曾被改编为广播剧、舞台剧、动画、电影、电脑游戏等，并有各种系列商品出现，如下文提到的“浴巾”。

“没，作业太多了。到学期中间吧，到那时，迁徙的候鸟都飞累了，会停在海丽河口的小岛上歇息，你来看吗？”

“好啊，一定来。”我得记得告诉妈妈。说不定她能开车送我。

“你什么时候上学？”

“不知道。”

我们一起走出图书馆时遇见两个男孩，布雷特就跟他们走了。他回过头来，冲我眨眨眼睛，不知怎的我心里顿时产生了一种怪怪的感觉。这该不是爱的感觉吧？我问自己。

我就这样遐想联翩地走到了街上。前边就是伍尔沃斯糖果自选店，我决定进去消费一番。我喜欢圆圆的太妃糖，还有彩色的糖蛋，里边是巧克力。我不喜欢吃那种像果冻一样的红颜色的胶糖，吃在嘴里感觉像咬别人的嘴唇。一看到糖果包装纸上有E开头的编码[1]我就兴奋不已，心跳也加快了。

街上还有不少来度假的人，都是上了年纪的老人，或者是家里孩子还没有上学的那些人。我看见一群在伍尔沃斯购物的威尔士女人，个个都是满头银发，烫着卷曲的小花，矮矮胖胖，远看像克隆的一群人一样。她们就像是远离文明社会的难民似的看见什么买什么，水杯、浴巾、坐垫，什么都要，好像威尔士没有商店似的。不过也说不定是在参加抢购比赛，就是那种看谁能在最短时间内抢得最多商品的比赛，

[1] E编码是欧盟对其认可的食品添加物的编号。

反正有人为她们付款。

我沿着港口漫无目的地走着，看着栏杆外边一浪高过一浪的海水。突然一阵狂风掠过，像有魔鬼在海面下奔跑呼啸似的，惊起一片海鸥的尖叫。天一下子变冷了，幸好我穿着斜纹棉布的外套。旅游纪念品商店还在营业，卖贝壳的小店、冰激凌室也都还开门迎客。我抬头看过去，只见渔民小屋那边的旗杆下了半旗，旗杆下一个玻璃橱窗里贴着一张镶着黑边的白纸，是一则讣告：阿瑟·史蒂文森，九十四岁，葬礼下周一在教区教堂举行。史蒂文森！说不定他和我有亲戚关系。可是他已经死了！而我从来不认识他。再没有机会认识他了，不是吗？

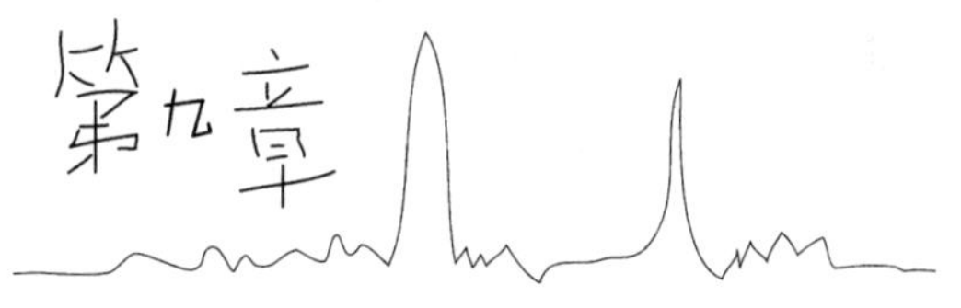

我穿上一件旧的海军蓝校服裙子，套上海军蓝的连帽衫，再戴上我的板球帽，也是海军蓝色的，这是我所有衣服中最接近丧礼礼服的了。

“你去哪儿?”

“图书馆。”

“星期六不是刚去过吗?”

“今天还要去。”

“穿校服去?”

“怎么啦?”

“我的天，你怎么总是这么与众不同啊?别误了回来吃午饭。”

“知道了。回头见。”

“格西，能不能帮我把书还了?”

“嗯，不行，太重了。”

“就两本书，而且一点都不重。”

“那好吧。”我只好等着妈妈去找书。她把那两本书放在一个购物袋里，递给我。真麻烦，这么一来我只好把书带到教堂去了。

到了教堂，只见不少身着黑衣的男人站在门廊里，我不想惹起别人注意，正要从他们身边溜过去，不想有人拍拍我的肩膀，问我是谁。

“奥古斯塔·史蒂文森。”我随口编了个名字，然后就凑到一对年轻夫妇身边，和他们的小女儿站在一起，好像是他们家的一员似的。我事先把装书的购物袋藏在教堂后墓地花园的坐椅底下了，因为我觉得拎着标有“乐购”[1]字样的购物袋参加丧礼显得对死者不尊重。

我默不作声地和那家人坐在一条长凳上，他们看了看我，像是想要问我是谁。我冲他们笑了笑，他们也冲我笑了笑，于是我坦然地拿起放在座位前面台子上的葬礼帖。教堂里渐渐坐满了来宾。我以前从未来过这里，仔细看去，教堂的穹顶呈半圆形，每根梁柱的底部都装饰有彩绘木雕，雕刻的是各位天使和圣人。高高的石柱和拱柱都是用雕有花纹的花岗岩做的。拱柱下有一个石雕的架子，样子像一只展翅的雄鹰，上面摆着《圣经》。窗玻璃是彩色的，可惜距离这么远，看不清上面的图案。教堂的正前边停放着一具松木棺材，有黄铜把手，棺材上摆了一个花环。大多数人都穿着黑色或深色的

---

1 英国连锁超市。

衣服，所以我的穿着也还不算不得体，只是我以为人们都会戴帽子，结果却发现只有我一个人戴着帽子。

教区牧师请全体起立，首先为没有风琴手演奏致歉，然后他带领大家唱了几首赞美歌，比如：《世事皆荣耀》。我们以前在学校唱过这首歌。接着一个男声开始朗诵："主耶和华是我的牧者……"这时响起了浑厚的男声吟唱，伴之而起的是轻声却很高亢的男高音，犹如天籁之音，如此和谐、动人。这时我已经失去控制，哭成个泪人了，嘴里含混不清地叨咕那些歌词，好像我告别的是外公外婆，而不是一个仅仅可能和我有亲戚关系却素未谋面的陌生人。我哭啊，哭啊，怎么也止不住，糟糕的是我没带纸巾，鼻涕泪水抹了一脸，连眼镜都模糊了。幸好我戴着板球帽，可以把脸藏在帽子下边。我一边用袖子揩着鼻涕眼泪，一边大声地吸着鼻子。可以感觉得到坐在同一条长凳上的那个女人正吃惊地看着我，可我还是不顾一切地把头深深地埋在帽子底下。她递过来一张纸巾，我点点头表示感谢。

牧师低沉的声音继续着，我太难过了，加上拼命想止住抽泣，所以几乎没听见他说了些什么。

最后一首赞美歌唱道："永恒的上帝拯救在海上出生入死的人。"[1]啊，上帝！我需要的正是这样的活动。肉体上，我虽然感到精疲力竭，心里却像卸下了一个巨大的包袱，一袋好

1 赞美歌，最初由英国诗人写成，也被作为英国皇家海军军歌、美国海军军歌。

重好重的悲痛。不知道参加丧礼这种仪式是不是真的可以帮助人们把积郁在心头的痛楚释放出来。我因为住在医院里而错过了参加外公外婆的葬礼，心里一直很苦。

“你没事吧，亲爱的？”递给我纸巾的那位女士问道。

“没事，谢谢。是那首歌，太感动我了。唱歌有时就是这样。”

“你和他是亲戚吗？”

“我也姓史蒂文森。”我不无自豪地答道，并且趁着没有再哭出来赶忙离开了教堂。

爬上芭依山时，我不得不停下好几次，好让我的呼吸平缓下来。妈妈正忙着在院子里挖水池子，顾不上抬头看我。万幸，因为我的鼻子肯定是又红又大，跟她哭完一模一样。

“替我把书还了吗？”

天哪，猪脑子！我把还书的事忘得干干净净！“嗯，回来了。”我只好答非所问，小声嘀咕着溜进房门，浑身酥软地瘫坐在沙发里，查莉立刻跳上来安慰我。真要感谢上帝创造了猫咪这个物种。

我突然觉得自己好像变成了一个会说瞎话，信口胡诌，甚至亵渎圣灵的人，虽然最后这个问题只是偶尔出现在脑子里的念头而已，可我以前并不是这样的呀。肯定是因为长大了。长大了就开始学会欺骗，不再纯真，慢慢颓废了吗？假如外公外婆还活着，看见我这个样子，一定会吓坏的。天哪，不要这样！我的灵魂是不是堕落了？我是不是已经变得油头滑脑，而且将来注定要变成个骗子呢？

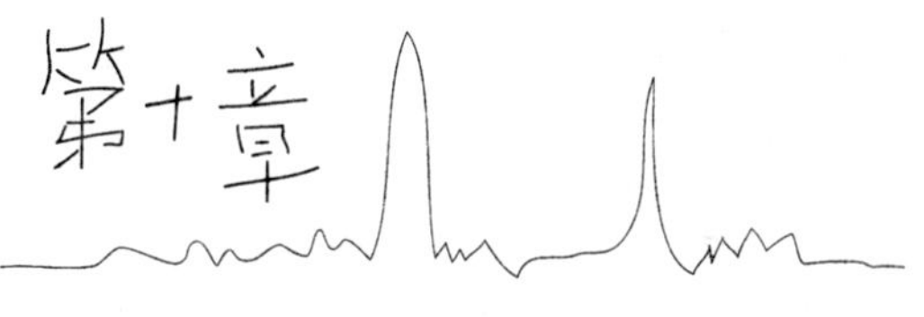

各种热带岛屿植物的生存状态都会在蓝色珊瑚礁上留下明显的印记。

面包果就是热带岛屿上一种很普通的水果，样子像是一串串的绿色柠檬，可以烧烤，也可以放在烤箱里烘烤，皮一炸裂开就可以吃了。不过重要的是得有点火的引子。从前，人们有一种叫做火种盒子的东西，我猜想里边一定装着火石和铁，这两样东西摩擦能产生火星，火星又可以点燃干草或干树枝。

外婆总是在他们的洗澡间里放上一盒斯旺火柴，因为他们的洗澡间也兼做厕所。每次拉完屎划一两根火柴，臭味立刻就消散了，她特别相信那东西。妈妈也这样做，她继承了这个祖传秘方，真的很管用。我想应该是硫磺在起作用，是它的气味把臭味都遮盖了。如果我把火柴保存在口袋里，它们就有可能和我一起幸免于海难。我只需要划一根火柴，点燃火种，让它永不熄灭，然后有没有火柴都没关系了。斯旺火柴盒子上的图案很好看：一只白色的天鹅游在绿色的湖面上，背景是一片火红的天空。

我回到那个小墓地花园去找放在购物袋子里的两本书。夜里下过雨，书都湿透了，四角也都皱皱巴巴地卷曲着。我不知如何是好，干脆把它们胡乱塞进了街边的垃圾箱里。远处的棚子里有个流浪汉正躲在那儿避风，我怕被他看见，急忙转身跑开了。那个流浪汉有时也在福尔街卖《大问题杂志》，不过现在他一定是喝醉了，浑浊的眼睛红红的。不知他是不是翻看过那两本书，又把它们扔回坐椅下边去了。也许他对《小庭院设计》和《建造野生动物池塘》这类书不感兴趣。不过他可以用那些书擦屁股啊，不过那两本书的纸张太厚，也太光滑，擦屁股不好用的。外婆说他们以前就用这种印刷纸做手纸。她会把报纸裁剪成整齐的四方形，用线钉好，挂在厕所里。外婆家用的是爱尔生马桶，外公每周清除一次，他把那叫做“埋葬腐朽”。

我从来搞不清楚到底应该不应该给乞讨的人钱。圣·艾夫斯没有乞讨者，伦敦可多了。我特别可怜他们，尤其是那些小孩子。爸爸总是给他们钱，可妈妈不信他们那一套。

我记得在汉普特斯西斯公园旁边的南格林看见过一个女孩。她在一个关了门的商店旁边铺了一块毯子，坐在上边乞讨。妈妈走进旁边的咖啡馆，给她买了一个奶酪番茄三明治，还有一杯汤，告诉她怎样到最近的一处避难所去过夜。那女孩看上去不过十五岁，是什么事情使她离家出走、流浪街头啊？她会不会吸毒？是不是妓女？她家里是谁逼得她忍无可忍，有谁虐待她吗？我当然没办法找到答案。当时我不敢过去问她，而下次路过时，她已经不在那里了。我问妈妈为什么不干脆把她带回家来呢？

“格西，”妈妈说，“你难道不觉得我们的麻烦已经够多了吗？”

她说得当然没错，可是看着那些无家可归的人，什么忙也帮不上实在让我有一种挫败感。妈妈说那是政府应该解决的问题。如果大家都投票选出自己信任的人，国家就有可能管理得更好些，街上也许就不会再有无家可归的人了。不过，妈妈倒是经常从那个流浪汉那里买《大问题杂志》读。

爸爸并不是真正意义上的无家可归，他在伦敦租了一套房子，住在那里。这样一来我却成了无父之女，妈妈则是无夫之妇了。

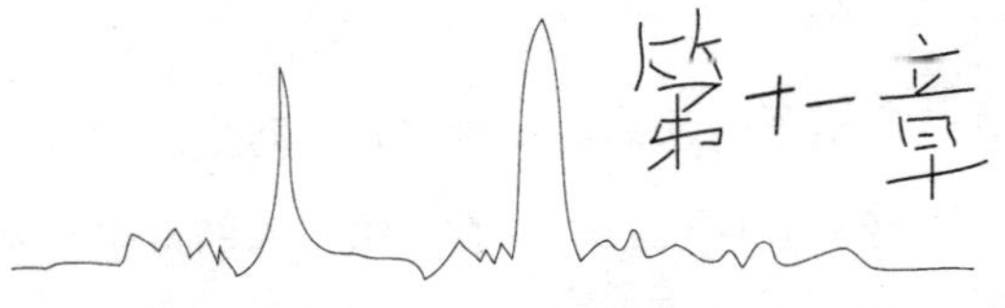

你要问我为什么放着其他更方便的房间不选而偏要选择阁楼间做我的卧室？我是有理由的。

因为在童话故事里，阁楼和高塔都是男女英雄被囚禁的地方。被关在森林古堡塔顶上的莴苣姑娘[1]（也叫长发公主），把她长长的秀发垂到窗外，让爱她的王子爬到塔顶和她相会。不过王子和公主的爱情总不能一帆风顺，对吧？就像《罗兰骑士来到黑塔》[2]那首诗里说的一样。《简·爱》[3]里有一个疯女人被锁在阁楼上。安徒生童话《瓶颈》里有一个当佣人的可怜姑娘也是住在顶楼。不知道

1 出自《格林童话》。

2 出自罗伯特·勃朗宁诗集，他是维多利亚时期的代表诗人之一。

3 英国女作家夏洛蒂·勃朗特所著小说。

《自己的一间屋》[1]是不是也在阁楼上？说不定是的。还有安妮·弗兰克[2]为了躲避纳粹的迫害也只好藏在阿姆斯特丹的一间阁楼里。

我的房间在这座房子的顶部，是一个温暖的小窝。在这里抬头望蓝天，好像近在咫尺；低头看小镇，人间万象一览无余。最美妙的是这里有海鸥和我做伴。只要你不做出任何似乎对小海鸥有威胁的举动，比如打开离海鸥的巢穴很近的窗子，或者突然拉开窗帘什么的，它们完全不在乎你在周围活动。

我们的小银鸥有点让人头疼了。它还是一天到晚哼哼唧唧、哭哭啼啼的，呆里呆气的脑袋缩进长着花斑的肩膀里，不停地耍脾气。真奇怪，它的妈妈为什么舍不得一脚把它从房顶踢下去，逼着它飞起来呢？该不是这样的高度把它吓坏了，以至于丧失了飞翔功能吧。那样的话，我就应该同情它。可是我更同情它的父母，它们被它的懦弱折磨了这么久。嗨，只有爸爸妈妈才能对未成年的小银鸥有这样的耐心，有这样深厚的爱呀。

洗完澡我在自己的胳肢窝和胯部仔细地查看有没有要长体毛的迹象。嗨，还是没有！告诉你们这个真不好意思。

手术留在我身上的疤痕奇痒无比，我拼命地往身上抹止

1 英国女作家弗吉尼亚·伍尔芙著。

2 德国犹太少女，二战期间为躲避纳粹对犹太人的迫害迁至荷兰阿姆斯特丹避难。战后，其父整理了《安妮日记》出版。

痒油，可是几分钟之后还是老样子。如果有朝一日我真的有了男朋友，说什么也不能让他看我的疤痕，太难看了，又红又肿。妈妈说疤痕没什么了不得。当然啦，如果做心肺移植手术，我还得再被切开一遍，就像打开黄豆罐头或者玉米片盒子一样，所以现在为身体上这点瑕疵发愁也的确没多大意义。我的朋友萨默整天为她的长相发愁，其实她已经很漂亮了，可她还想长得再高一点，瘦一点，白一点，头发也要变得再金黄一点。

我只希望自己身上深紫色的疤痕变得浅一点。

我把印有“银河系漫游指南”字样的浴巾晾到窗外，好让它快点干。

几年前这个故事在收音机里连播过，爸爸特别喜欢听，直到如今还常常从那里引经据典，比如印有“别怕”两个大字的这条浴巾就是他买给妈妈的，那还是我出生之前的事。现在这条浴巾属于我了。它原来一面是棕红色，一面是白色，现在已经褪色了。浴巾两头都没有锁边儿，白的一面还印有一段文字。洗澡时不能看书，我就反复念浴巾上的那些字，虽然不戴眼镜很难看清楚，不过因为我早就把那句话熟记在心了，所以看不清的字也可以猜出来。

那段话是这样的：

《银河系漫游指南》讲了许多关于浴巾的用途。

浴巾几乎是你能随身携带的最重要的物品和武器。

你可以用它把自己擦干；潮湿寒冷时用它把自己裹起来御寒；浴巾还可以当船帆；除此，它还有心理价值，因为任何一个银河系漫游迷（注意，不是一般的漫游者）都会认为，只有能攻克银河系各道难关，并且始终把浴巾带在身边的人才是真正的英雄，是最值得尊重的人。24/25.

我不太清楚24/25是什么意思。也许表明日期，也许表明一共生产了二十五条浴巾，我们这一条是第二十四条，就像摄影师在限量发行的照片上写上编码一样。要是那样，将来有一天这条浴巾会成为稀世珍宝的，当然前提是浴巾的品相必须要好，显然，这一条已经不行了。不过带着它开始我的荒岛之旅应该是再好不过了。

我决定再给猫咪重新拍些照片，虽然先前给他们拍了一些，可他们总是不停地动，而我又不会二次聚焦，不论戴着眼镜还是摘了眼镜拍得都不好。

相机里的胶片还没有用完。我希望拍晾衣绳的那几张照片还过得去。

港口高墙前边有一排矮小的屋舍，那就是渔民屋。还有一根旗杆，旗子在旗杆的中部呼啦啦地飘着。三叶草屋的位置比滑船台还要高，孤零零的，旁边是独桅旅馆。屋舍的木墙上挂的都是老照片，照片上那些老式渔船都张着棕色的风帆。这里的港口从前可是个桅杆林立的热闹地方呀。进到屋子里，只见屋子尽头有个大铁炉子，里边当然没有点火，因为现在还是夏天嘛，嗯，就还算是夏天吧。墙边和桌边都摆了不少长条板凳。一进到这里，你好像来到了完全不同的另一个时空，和海边旅游者的喧嚣彻底隔离开了。

几个男人正在玩多米诺牌，给他们拍照片，我有点不好意思，可是他们完全不在意我的存在。我敲敲门，问他们我可以不可以给他们拍照片，他们说，没关系，随便拍。

“学校留的项目作业，是不是？”一个瘦小的男人问我。

“就算是吧。”

“上个礼拜天在教区教堂看见的就是你吧，对不对，孩子？就是在阿瑟·史蒂文森的葬礼上？”

“我叫格西·史蒂文森。”

“那你咱一个姓，小姑娘。”

你咱？说“你和我们同姓”更好些。我感到很骄傲。可我又觉得自己好像是个冒名顶替的骗子。

“我是杰克逊·史蒂文森的女儿，他住在伦敦，现在我和妈妈住在这里。”

“唔，住在伦敦哪。”

“他是电影制片人。”（差不多是吧。）

“追随他的足迹，是吧？”

“追随他的足迹？嗯，我想是吧。”你看又一个用和“脚”有关系的词组做比喻的成语，就是“子承父业”的意思！

这时一群银鸥遮天蔽日地聚集在屋顶周围，愤怒的尖叫响成一片。那四个男人又回去继续玩他们的多米诺牌了。

我摘下眼镜，把镜头聚焦在他们的脸上。一张张古铜色的脸庞上刻满了岁月风霜的痕迹，有悲伤，也有欢乐，就像外公脸上的皱纹一样；他们的眼睛虽然已经不再清澈明亮，可还是习惯地望着很远很远的地平线。我突然感到这一张张写满沧桑的脸比那些年轻的脸要美丽得多，那些脸像空白纸一样，看不出任何岁月的痕迹。

他们都戴着平顶帽，只有一个人戴了一顶破旧的船长帽。这些人根本不在意我给他们拍照，只管全神贯注地玩牌，使劲地把小方块牌甩在木桌上，噼噼啪啪地响。我一直认为多米诺牌是一种毫无意义的游戏，不需要什么技巧，可是他们玩得那么投入，那么激动。看来多米诺牌肯定比我想象的好玩。

阿利斯戴尔说板球跟多米诺牌差不多，越研究它越觉得有趣。星期六他要带我和妈妈去看板球赛。我真的会喜欢上板球吗？那种一群人争着用板球去撞球板，要么就是一个人试图用球板去打板球的比赛？

我从相机里卸下用完的胶卷，又安装上一个新的。一道很强的光束倾泻在发黑的墙壁和地板上，我借着这道光束把墙上的老照片，架子上的旧收音机都收进了我的取景框。我觉得这些旧东西是有生命的，它们还活在这座小小的屋舍里。我还给一帧镌刻在康沃尔墙上的名言拍了一张照，那上边写着：感谢上帝的恩赐。

“你去过岸屋和玫瑰屋了吗?”

“你说什么?”

“就是另外两个渔民屋，我的小姑娘，在滑船台的那一边。”

“我可以去那儿拍照片吗?”

“啊，他们不在乎的。我们都习惯了，就像是濒临死亡的物种供人们参观一样。”

“哦，不是的。”我有些尴尬，不知道该说什么才好，是不是我的样子让他们觉得我把他们当成俾格米人[1]或是澳大利亚土著人来研究了?

“告诉他们你姓史蒂文森，咱们同姓就行了。”

我谢过他们，戴上眼镜，捡起地上的空胶片盒子，离开了渔民屋。

街上熙来攘往，还有不少来度假的人，大多都是“喝水撒尿旅行团”[2]或者叫“傻瓜开心旅游团”——妈妈这样叫他们。都是些坐大巴到处游玩的老年人，拄着拐棍儿，在小镇狭窄的街道上流连忘返，好像玩得很开心。这些人说话带有北部农村和伯明翰口音，所以我猜想他们并不习惯白色的海滩和蓝色的大海。

这时只见有一个身穿切尔西足球俱乐部T恤衫的人正悠闲

1 俾格米人泛指成年男子身高不足155厘米的种族。非洲中部、泰国、印尼等地均有俾格米人居住。

2 指来去匆匆、行程很紧的旅行团。因为疲劳干渴，每到一处最急于做的事就是喝水和去洗手间。

自得地边走边吃着炸薯片，趁他东张西望的时候，一只聪明的海鸥低飞过来，一口叼走了他手里的薯片盒子，振翅飞跑了。等他回过神低头看时，香喷喷的薯片全都不翼而飞了，惊得他目瞪口呆。看到这里我忍不住笑了起来。海鸥真是既聪明又恪尽职守的垃圾清洁工啊。

差不多每个星期都有人投书报纸编辑，反映这类的“海鸥问题”。我认为解决问题的方法不是清除海鸥，而是人们不应该在大街上吃馅饼、薯条什么的。在这个问题上我站在海鸥一边。我支持海鸥，反对人们不分任何时间在大街上吃气味很大的食品。我觉得地方议会，或者不论谁，只要是负责制定政策的人应该做出决定：禁止在小镇街上摆快餐摊位。不过我也知道那些卖快餐的人还得挣钱养家呀。

我没有再去那两个渔民屋，太累了。昨天走了那么多路，做了那么多事，我的骨架子都要散了。今天我得在床上躺一整天，彻底放松。妈妈把我拍的胶片拿到彭赞斯去冲印了。

她已经在我们的小院子里挖了一个小水池，周围种上了细细的竹子，水池里还撒了能产生氧气的草种。真恨不能让我的蟾蜍先生立刻发现这一池乐水，再勾引一个女友，明年春天就可以在这里下种育子啦。看小蝌蚪在水中嬉戏多有趣呀。

我想要一只水蜥[1]。妈妈说她小的时候从路边一个卖水蜥

[1] 俗称水龙，生活在热带雨林地区，杂食，喜肉，性情温顺，可作为宠物饲养。

的女孩子那里买过一只小水蜥，那个女孩家有一个很大的池塘。外婆家也有一个水池，水池的一边是一座土丘。妈妈高高兴兴地把小水蜥放进外婆家的水池里。第二天却发现水蜥不见了，她只好又从那个女孩的摊上买了一只。后来她碰巧看见她的水蜥正在爬过马路，回到它老家的水塘里去。这可把她气坏了，原来她用自己的零用钱买来买去的都是同一只水蜥。十岁时，有一次她和两个朋友在一个水塘旁边的湿地里玩，其中一个朋友从草地里抓住了一个活物。“蜥蜴！”她大叫着。妈妈说：“不对，是水蜥。”为了证明这一点，妈妈一把夺过那只水蜥扔进水里，几个人看着它潜入水中，跑掉了。为此她的朋友好长时间不和她说话，而她也总是不能原谅自己。妈妈好像和水蜥一直没什么缘分，说不定这一次会好起来呢。

我在自己的房间里放了一个玻璃饲养箱，说白了就是一个没放水的鱼缸，里边放了土，碎石子，还有从篱笆上摘下来的小草。我想抓一只蜥蜴，养一段时间，好好地研究它。我在房前的篱笆墙边看见过好几只，这会儿正伺机抓一只。查莉蹲在我身边，静静地候着，满心希望我能捉到一个四只脚的毛茸茸的动物给她做下午茶的点心呢。嘿，我不是在这里抓老鼠，查莉，我想你不会喜欢用蜥蜴做的三明治吧。

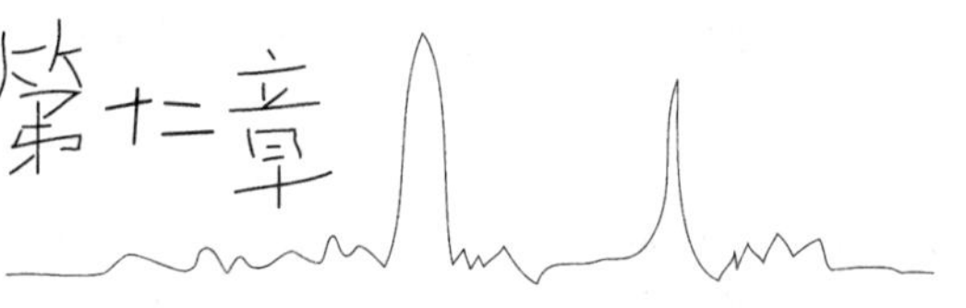

图书馆给妈妈寄来了“到期通知单”。万幸，是我先拿到了这封邮件，于是就把它胡乱塞到我的口袋里了。

为了拖时间，我只好跑到图书馆去把那两本书续借了一次。我不敢告诉妈妈我把书放在教堂墓地的花园里，又忘了拿，都因为那天是去参加一个人的葬礼，而那个人我根本不认识。

可不这么说又能怎么说呢？要么，我去跟图书馆说书丢了，赔钱给他们？

这情景又和我在教堂的礼拜日学校里瞎编的那个关于马的故事一样了。我信口对礼拜日学校的老师说我有一匹马，其实我没有。之后的日子就像有个恶魔缠着我一样，直到谎话被揭穿。从那以后一直到这次扔书我再没有说过谎。可这一次我的麻烦大了。

妈妈一直说撒谎是绝对不能容忍的。那是因为她认为爸爸骗了她。她说，爸爸对她先是不忠，然后又撒谎，所以她再也不会相信他了。

可关于那两本书，我为什么要编瞎话呢？先是因为自责，所以就想办法自我保护，结果就只好编瞎话推卸责任了。如果告诉妈妈我参加了一个陌生人的葬礼，她会暴怒的。她真的不愿意我和爸爸的家人有任何联系，所以一提起他们就像提起爸爸一样惹她生气。可他们的确是我的家人，我的亲人呀！都是因为她，我才不得不撒谎，我也很生她的气！她根本不明白我为什么不敢告诉她，是她逼得我编瞎话的，害得我夜里都睡不着觉，挖空心思想对策、编故事。照这样下去我会变成一个狡猾、奸诈、鬼鬼祟祟、偷偷摸摸的人。嗯，不过，这也许比老实巴交，直来直去的生活更刺激，除非我觉得自己实在编不下去了，因为这的确很累，很烦人。也许到最后图书馆的人不再追究了，要么我去告诉他们妈妈出国了，把书也带走了。嗯……大概是在澳大利亚她需要《小庭院设计》和《建造野生动物池塘》这两本书吧。不行，这么说也许骗不过他们。嗨，不管怎么说，撒谎又不是一级谋杀罪。可是，也许撒谎是通向地狱和惩罚的第一步啊。

我的蜥蜴也是百无聊赖，站在一棵小树枝上，眼睛不知盯着什么地方发呆。其实它身边有好多从院子里搬来的东西，像树叶子呀、土块儿呀、小石子呀什么的，可它好像对这些一点都不感兴趣，也许是因为被关在这里供人们观察让它很郁闷吧。我逮了一只蚱蜢给它吃。原以为它会三口两口把它吃掉，可是没有，好像一百年它也吃不完那只蚱蜢似的。选择一个小生命作为祭品，我心里觉得很难过。天知道，我怎么会有这么大的破坏力啊。

记得有一次去看外婆外公，我站在他们家附近的石头码头上看着一群男孩钓螃蟹，只见他们把逮到的螃蟹摔在地上，踩上去又蹦又跳，直到把螃蟹壳踩碎，再捡起那些碎片扔回大海，这太恐怖了。我原以为他们只是把钓饵从螃蟹嘴里拽出来，再把它们扔回去的。于是我愤怒地冲着他们喊叫了起来，可他们竟然笑话我，气得我把一个男孩推到了水里。水虽然不深，但是很冷，而且也让那个男孩得到了应有的羞辱。他的那群朋友们更是笑个没完，于是我趁他从水中爬起来还没站稳，又把他推倒在水里。外婆说我的脾气很暴躁，像妈妈——外婆的确是这样说的。

这时只见我的蜥蜴用它的后腿抓住了可怜的蚱蜢，就这么吊着它，过了好长时间，只是慢悠悠地吮吸蚱蜢身体里的汁水，为什么不一口把它吞掉呢？足足半个小时过去了蜥蜴动也没动，好像瘫痪了似的。可怜的蚱蜢只是偶尔扭动一下，要想从蜥蜴的牙关里挣脱出去简直是蚍蜉撼树。再看蜥蜴，也只是歪着嘴，叼着蚱蜢，一动不动。我不喜欢它那双死呆呆的眼睛。以前我还挺喜欢蜥蜴的，可现在说不清了。我看不下去了，太恐怖了。照这样下去蚱蜢等不到被吃掉，先就被饿死，或者吓死了。话说回来，蚱蜢又是靠吃什么维持生命的呢？明天我就把蜥蜴赶走。

也许我应该研究昆虫或者蜘蛛。我不怕这些小东西，妈妈怕。如果有 只虫子飞到浴缸里，她就会叫起来，哀求我去解救她。草地里有很小的黑色跳蛛，很难逮住，你稍微一动它们就跳走了。我最喜欢看院子里的长腿蜘蛛，走起来慢悠悠的像是踩在高跷上，小心翼翼地保持平衡，哪怕一丝微风也会吹得它们摇摇晃晃、东倒西歪的。它们的腿就像人的头发一样细。

家里没有关于蜘蛛的书。在游隼村的时候有好多关于野生动物的旧书，真怀念它们啊。我得把零花钱用来买二手书了。在“后备箱拍卖”的集市上总可以挑到很多好书，而且城里也有一家很大的旧书店。

我找到了一本关于蜘蛛的书：《英国的蜘蛛及其相关种类》，作者是西奥多·赛弗瑞。

幽灵蜘蛛：一种腿特别长的蜘蛛，生活在英国东南部。可我们住在西南部，所以这不是我要找的长腿蜘蛛，肯定不是，因为长腿蜘蛛的身体是圆的，而书上的那种身体是长的。大概找不到专门介绍康沃尔蜘蛛的书吧。唔，在这里，书上说它是盲[illegible]的一种：“只有公蜘蛛的身体是圆的，颜色为锈棕色，最明显的标记是它们的黑眼睛像炮台一样。母盲蛛的身体为椭圆，颜色稍浅，背上有一个深色、呈矩形的鞍状物。公、母盲蛛的腿都为黑色，像头发一样细。”应该就是它。

蜥蜴已经被我轰走了，理由是它患有虐待狂性饮食官能症。现在我的玻璃饲养箱空了。记得小时候，学校里有一个蚕宝宝农场，不记得喂蚕宝宝吃的桑叶是从哪里搞来的。蚕只吃桑叶。我还有一个用大罐头瓶子做的蚂蚁乐园呢。我的昆虫乐园是外公用两块玻璃给我做的。

院子里的小水池上飞着一群小虫子，大多是蚊子的幼虫。大概是尖音库蚊吧，这种蚊子哪儿都有。它们在水面下蠕动，蹿上蹿下的，可是只要我一靠近水池，它们便齐刷刷地潜到水底，不见了踪影，像布斯比·伯克利导演的电影里演的花样游泳一样。我们还买了两只大蜗牛，我觉得它们应该属于椎实螺科。这两个家伙好像已经结对成双，生出无数个小宝宝了。真像迪斯尼乐园里蹦蹦跳跳的小蟋蟀吉米尼，干得太快了。我想水里一定已经有成堆的水蚤了，或者叫水跳蚤。

我有一本书叫《水塘生物观察笔记》，里边有好多特别有趣的虫子是我从来没听说过的，比如水蟋蟀，海蜷虫，长水蝎，水蝇，等等，我只听说过划蝽这种虫子。

虫子都有一个能够吮吸的尖嘴，叫作喙，把这东西插进猎物的身体里，可以吸干它们身上的汁水。瞧，就连这个小水池里的生活也充满了危险啊。

水池里还有各种各样的水甲虫，有泥蜗牛，银甲虫，尖叫甲虫，大龙虱，甚至还有一种叫豉甲虫。生长在水面表层的植物是飞蛾幼虫和蛹理想的藏身之处。水螨和水蜘蛛也生活在水池里。那里已经拥挤不堪了，如果有豆娘[1]和蜻蜓飞来就好了。

不然，我们就得把整个院子都改成水池，架几座小桥让猫咪们走。

我的蟾蜍先生正盘腿坐在它的印有“约翰·英纳斯中心”[2]字样的混纺织物袋子里。我特别想问问它，既然家门口挂着“约翰·英纳斯”几个字，它会不会以为自己就叫约翰·英纳斯呢？就像小熊维尼的朋友小猪一样，它住的房子门口挂了个牌子，写着“非请莫入”，还有个W，于是小猪就说，这块牌子是它家祖上传下来的，它爷爷叫威廉姆，开头字母就是W，所以嘛那块牌子上就有个W啦。

1 一种颜色鲜艳的食肉昆虫。

2 英国约翰·英纳斯中心是世界著名的植物学和微生物学研究中心。

第十三章

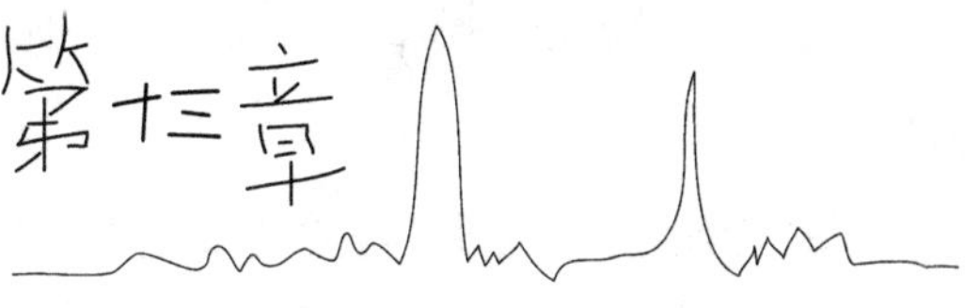

今天的心情很沮丧。爸爸打来电话说他要到法国去参加一个电影节。不知道为什么我竟脱口问道："我能和你一起去吗？"也许是想逃避妈妈和图书馆负责人的责骂吧。可爸爸说他得和制片人、导演什么的一起开研讨会，没时间照顾我。是啊，没错，我懂，我会妨碍他的。既然那个"可爱的埃洛伊丝"已经离开他了，他得再找个人替补啊。去找个年轻的小明星，戴着假乳房，两条细腿特长，长得好像胳肢窝下边全是腿似的。可是万一爸爸不在时突然有合适的心肺捐献，我们必须立刻到伦敦去怎么办？他不在伦敦，妈妈住哪儿呢？他也不能守在床边陪着我了。我真不想让他离开英国。我不愿意他们离婚。我想要一个家。

我一整天都把自己关在阁楼间里，那是

属于我的角楼，我的瞭望楼，我的摩天塔。三只猫咪都凑在我身边，想方设法逗我开心起来。硕大的雨点劈里啪啦地砸在房顶上，呼啸的海风更加剧了我落寞的心情。我觉得自己是个受害者，是个被命运苛待的女孩，全世界都不喜欢我，哼，除了查莉谁也不懂我的心思。她这时蜷着身子乖乖地趴在我的肚子上，一双翠绿色的眼睛紧紧盯着我，眼神里满是同情。

“格西！格西！有人找你。”妈妈在楼下叫道。

我没有应声，怕是图书馆的保安来了吧。我曾经从那个流浪汉那里买过东西，那天躲在挡风棚里的就是他，他肯定看见我把书扔进垃圾箱了，他是我的“不良行为”的惟一见证人。（我查过《钱伯斯词典》了，其实“不良行为”这个词还有一个解释是“没有尽到责任”。[1]）

“格西！”

“什么事？”

“布雷特来找你了。”

嘿，太棒了！布雷特来看我了。我赶紧擦干眼泪，梳了两把头发，把眼镜抹干净。讨厌！我应该永远不照镜子！每次从镜子里看到自己总让我感到灰心丧气。你要知道我想象自己应该是什么样子吗？嗯，反正不是像现在这样又干又瘦，鼻子红红的，像只藕荷色的小虾米。肯定不是这副模样。

---

[1] 英文中delinquency有失职的意思。

布雷特已经上楼来了。他真高啊，必须低头才能不撞到房顶的横梁上。

“你好吗?”

我喜欢听他说话的口音。他好像没有注意到我的红鼻子，不过也说不定是出于礼貌才不问我鼻子为什么红吧。

布雷特喜欢各种动物，他热情地和三只猫咪都打了招呼，还抓抓查莉的耳朵，帮她挠痒痒。然后他走到窗前，欣赏着窗外的美景。我们一起站在那里看着那只笨笨的小海鸥。过了一会儿，布雷特说他和爸爸也在自家的房顶上给银鸥造了一个窝。其实，圣·艾夫斯几乎家家都有幸和海鸥近距离相处。布雷特家的海鸥更是大摇大摆地走进房间里去寻找美味珍馐。我住院的时候，布雷特父子俩把在草丛中发现的一只小渡鸦带回家，夏天过去了，渡鸦也已经长大了，他们给它取名叫布迪。布迪喜欢撕墙纸，还会把放在桌子上的报纸拽下来撕碎，经常会惹得布雷特的妈妈发脾气。布雷特在路上骑自行车时，布迪也紧紧跟随，就在他头顶上方慢慢地飞，即便有汽车从身旁驶过它也不怕。

“我很想见见布迪。”

“没问题。”他回答说，紧接着他又问道，“你读《罗杰特同义词词典》难道真的是为了好玩吗?”

“是啊，是很好玩啊。我背给你听：‘欺诈的同义词有——虚伪的，蓄意中伤的，诡计多端的，阴险狡猾的，像泥鳅一样的，变幻无常的，难以捉摸的，精明的，狡诈的，耍滑头的，暗箱操作，鬼鬼祟祟，偷偷摸摸，迂回婉转，勾结串通，虚情假意，假心假意。’天哪，假心假意——如果我做了心脏移植，不也就是假心了吗?”

布雷特笑了起来。

“格西，你太不可思议了。”他伸手过来抓下我头上戴着的英国板球帽，轻轻摩挲着我的头发。除了外公还从来没有人这样摸过我的头发。

“雨停了，格西，咱们去看鸟吧。”

他脖子上吊着一副双筒望远镜。

“好啊，主意不错。”我装做漫不经心地答道，其实却迫不及待地背上大背包，戴好帽子，三步并作两步地跟着他走下楼去。我告诉妈妈，我要和布雷特一起到岛上去玩。

“你肯定自己能去吗？你的脸色不太好。穿上风雪衣。带呼机了吗?”

“妈妈，我又不是傻瓜。”

布雷特尽量走得很慢，这样我就不至于落在他后边了。我不能一边走路一边说话，同时做两件事，我就喘不过气来了。布雷特装得好像根本没有察觉到我的尴尬，只管自己不停地说着，把这个学期以来他做的事情一样儿一样儿讲给我听。我多么希望自己也和他一起去上学啊。

我们绕过港口，不时看见小麻雀和八哥落在地上，满怀希望地觅食。我们要去的小岛距离港口很近，就在帕斯威登海滩旁边。其实那不过是一座半岛，不是真正的岛屿，只是人们都叫它岛罢了。早年间，一有晴天，岛上的人们就把洗好的床单铺在绿草茵茵的坡地上晒干。

岛上的风很大，不过没关系，我把自己包裹得严严实实的，帽子紧紧地扣在头上。我穿的风雪衣是军用的，在伦敦的劳伦斯角[1]买的，絮着厚厚的棉花，特别暖和。妈妈把袖子截短了，穿起来正合适。我的裤子也是勤务兵专用的迷彩服，有好多个口袋。看鸟的时候穿接近自然景色的衣服最好了。这样，你就和周边环境融为一体了。我们在海岸警卫队的瞭望台下边找到一块被绿色和黄色植被覆盖的大岩石，躲在下边，既吹不到风，又可以看得很远，一直可以看到西北方向海天相接的地方。汹涌的海涛一到这里就像被消声了似的，变得绵软轻柔了。空气里弥漫着一股咸味，还有海草味。海水映衬着银色的天空，厚厚的积云有橙色的，有深灰色的，懒洋洋地堆在半空中。四周已经是一片秋天的景色了。

据说，天热的时候，这里随处可见翻车鱼[2]。可我却从来没有见过翻车鱼是什么样的。

鸬鹚擦着海浪低低地飞着，尖嘴鸥和蛎鹬飞翔的姿态也都那么优雅动人。成群结队的八哥在田野上空盘旋，遮天蔽日，投在树木草丛上的影子俨如龙行蛇舞。一群排成人字形的鹅边飞边嘎嘎地叫着，像一群嬉戏的小狗。这时只见许多

1 大型剩余物资超市。

2 翻车鱼喜欢在海上做日光浴，所以也叫“太阳鱼”，又因看起来只有头没有身子，也叫“头鱼”，是世界上最大、形状最奇特的鱼种之一。

只白色的天鹅轻盈地从水面上滑翔而过，紧接着又高傲地振翅飞起，海风穿过它们的翅膀，像无数只汽笛送出的长长的尖利的鸣叫。

有些鸟会以同类的鸟宝宝果腹，有些会把叫声优美的鸟杀死，知更鸟就是这样，而且行为非常凶蛮，它们只能对自己的伴侣和孩子保持友好。尽管如此，人们还是喜爱它们。也许是因为它们太美丽了，人们就把它们的不良行为忽略不计了。美丽可以弥补一切。人们总是崇拜美丽。我们的视觉，我们的心灵，我们的灵魂的确都需要美丽的东西来慰藉。

布雷特说下个星期他要去海尔海口[1]，说不定南下过冬的候鸟会到达那里。它们飞越大西洋之后会在那里停一停，在漫长的跨海迁徙中，海尔是它们看到的第一块陆地，它们要在那里歇一歇，吃饱肚子，养足精神，再继续飞行。布雷特说他和爸爸一起去，如果我愿意，也可以加入他们。这还用说，我当然想去。

从我们的掩蔽所里望出去可以看见各种各样的海鸟，有贼鸥、管鼻藿、大黑背鸥、塘鹅，当然最多的是银鸥、黑头鸥、燕鸥、鸬鹚、蛎鹬、长绒鸟，还有戏水的小鸭子，它们总是像一个个排列有序的舰队一样集体行动。

“格西，你的脸都冻紫了。”

“我的脸色本来就是紫的。”

---

1 位于康沃尔郡彭维斯区圣·艾夫斯湾的最南端，以其金色海滩吸引大批旅游者。每年有大批候鸟在此停留。

“不对，比平常还要紫。嘴唇也发紫了。你看起来已经疲惫不堪了。咱们回家吧。”

“好吧，我是有点冷。”我很高兴是他先提出回家，而不是我。说真的，我已经快要冻僵了。

我们从大岩石下钻出来。布雷特替我背着双筒望远镜。在回家途中的半山腰上，我们在那条板凳上坐了下来，我装着弯腰系鞋带，其实是大口大口地喘气。

“我看到了十月，天就太冷了，你去不了锡利群岛[1]，你说呢？我们打算找个十月的周末去那儿看鸟。”

“不知道。”妈妈绝对不会让我自己去的。天知道，我多么想去啊。我们还从来没有去过锡利群岛呢。

“你们怎么去呀？”

“先坐直升飞机到圣·玛丽，然后搭船。是旅游团。你妈的朋友也去。”

“阿利斯戴尔？”

“是吧，他是位医生，是不是？”

“对，我们的家庭医生。他对我妈特感兴趣。”

“哇，你妈挺帅的嘛。”

一个巧妙的计划已经在我的脑子里构思好了。天哪，我真的会变成一个阴险狡诈、诡计多端的人吗？

1 康沃尔郡西南方的群岛，由五十座小岛和许多礁石组成。岛上亚热带植物繁茂，海鸟种类繁多，并有坟冢和柱墩形状的史前遗迹。

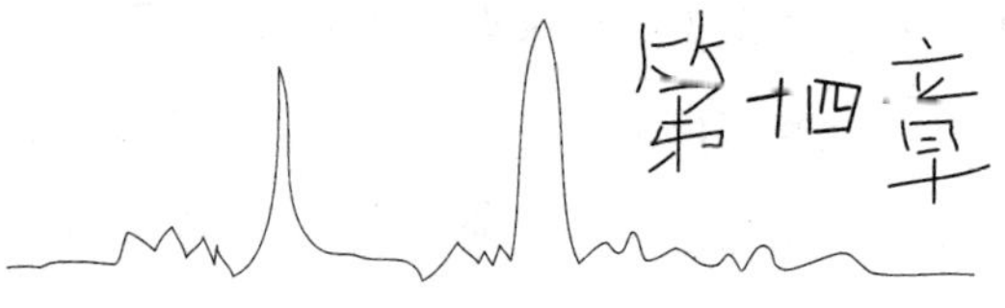

我们所在的这个板球场在一所中学的旁边。

中学的另一边有个空场地，有三匹马正在那边嬉戏：一匹高大的花斑马，比另外两匹高出很多；一匹设德兰矮种马，圆滚滚，胖乎乎的；还有一匹乳白色的巴洛米诺马。那匹设德兰矮种马正绕着场地奔跑，漂亮的马尾巴高高扬起，和颈背上的长鬃毛成了一条水平线，另外两匹也跟在它后边欢快地奔跑着。矮种马一停，它们也都停下来，跟西部野生矮马一样，鼻子里喷着热气，嘶鸣声声，活像有许多心里话要争先恐后地向大家诉说似的。它们玩得好开心啊。

这边的球场里十一个球员分布在场地四周，两个击球手分别站在球场的两头。他们都穿着乳白色裤子，白衬衫外边套着乳白色羊毛无袖衫，V型领子两边均匀地点缀着条形图案；两名裁判员的服装有点像实验室的白大褂。空气里弥漫着草的清香，还有篝火和海的气味。头顶不断传来海鸥的鸣叫。大约有十来个人在这里看球，我和妈妈是其中两个。人们都在为击球手喝彩。阿利斯戴尔是击球手之一。他一击没中，妈妈为他叹息；二击又没中，唔，天啊，妈妈有点儿急了。这时投球手再一次投球，只见阿利斯戴尔狠狠地一击，外野手没有挡住，小红球径直滚出边界，是四分球！我们拼命地为他鼓掌。

我突然想起外公外婆一起玩板球的情景，心里有一种酸酸甜甜的感觉。妈妈其实一点运动细胞都没有，她只参加过瑜伽学习班，不过因为后背出了问题也就不再去了。阿利斯戴尔身着白色板球运动服，朝气勃勃，十分神气。

今天妈妈也很棒，她穿着海军蓝色的亚麻宽松裤，上身是白色无袖套衫，头戴白色亚麻帽，显得既精神又漂亮。只是她的脸妆化得太浓了，涂着鲜艳光亮的口红，还刷了睫毛膏。说实话我更喜欢她素面朝天的样子。

我呢，当然还是戴着我的英国板球帽，一连几周每天都戴着它，已经变得非常松软舒服了，我越发觉得它真的是属于我的板球帽了。

这时头顶传来一阵阵海鸥的鸣叫，尖利刺耳，显得很是愤怒。抬头望去，只见一只海鸥正在追赶一只秃鹰。眼看就要逼近秃鹰，可以狠狠地啄它一口了，可是秃鹰却摆出一副若无其事的样子，懒洋洋地提提翅膀，朝高空飞去，越飞越高。我想其实海鸥也只是要把秃鹰赶走吧，现在目的达到了，它们也就心满意足地回家去了。学校和板球场中间有一棵高高的松树，两只乌鸦在枝头聒噪。从这里放眼望去，可以看见卡恩布里，再向远甚至可以一直看到纽奎海岸。

等候在球场上的那些击球员们都喋喋不休地唠叨着，每当被裁判罚“出局”，他们总是气哼哼地走到后边，不是抱怨球棒，就是抱怨击球员，当然最让他们受不了的还是“瞎了眼的裁判”。

突然间，空气好像凝固了似的，一丝风也没有，太阳热得灼人。成群的燕子拍打着紫黑色的翅膀向草地俯冲下来。这时，海上升起一团奇怪的雾气，飘到那边马场上空，盘旋不散。紧接着那白白的雾气变成一团团浓云，缓缓地向我们压过来，刹那间遮天蔽日，球场上的人们立刻冻得瑟瑟发抖。浓云中传出小银鸥的叫声，像幽灵一样。马也都被云雾遮挡住，不见了踪影。

我和妈妈急忙跑进板球休息室，那里暖和得多。我们挤着坐在一起，不安地朝门外望去。板球场上的情景非常滑稽，运动员都被浓雾藏起来了，只是偶尔看见从雾气中冒出一个脑袋，快速地挪动着；要么是一只胳膊，或者一只手在空中挥舞着，好像是一群隐形人在打比赛。耳边不时传来沉闷的撞击声，兴奋的喊叫声。突然一只小红球钻出云雾，飞出边界，肯定是那个叫阿利斯戴尔的幽灵击中的。

“四分！”一个看球的人大声叫道。他捡起球，又把它扔回白茫茫的雾气中去了。

休息室里一个妇女正忙着把三明治和甜点摆在盘子上，有个看上去大约六岁的女孩儿在帮她。咦，这不是在教堂参加葬礼时和我坐在一条长椅上的那个女人吗？我赶忙把风雪衣的领子拉起来，用帽子遮住了脸。幸好她没有注意到我。小镇子就是这点不好，到处都能碰见熟人。

本地队输了，也就是说他们全部因被击杀、接杀、截杀，或者腿截球（简称LBW）而出局。于是大家都到休息室里来喝茶休息。小姑娘奔到她爸爸身边。她爸爸不是本地球队的。只见他高兴地抱起女儿，父女俩幸福地亲吻着。

谢天谢地，那团海雾不一会儿就散了，真是来无影去无踪啊。阿利斯戴尔端着他的三明治和甜点出来和我们分享，他还给我和妈妈倒了两杯茶。这局比赛他得了五十五分，十分得意。他说本来应该还能赢得更多，那是一个很平常的三柱门[1]。嗨，谁知道“三柱门”是什么意思！

球队的队员来自四面八方，有教区牧师，有警察，还有一个悔过自新、刚刚出狱的盗贼呢，阿利斯戴尔说他现在是一个夜总会的保镖。队员中还有学生，有酒吧招待，有殡仪馆的丧葬人员，有内阁成员，有老师，有镶双层玻璃的匠人，有擦玻璃的工人，还有阿利斯戴尔，他是医生。阿利斯戴尔也参加康沃尔医生板球队。他说他们那个队最近要到锡利群

[1] 板球场两端各有一个三柱门，由三根立柱和两根横木组成，比赛时击球手用球板保护以防被球击中。

岛去打比赛，住在那里的圣·玛丽酒店，然后利用周末租船到圣·阿格尼斯和特雷思科去比赛。

我的机会来了，如果抓不住，肯定不会有第二次了。

“妈妈，我们也去吧。我一直想去锡利群岛。好妈妈，求你啦！”

“是啊，好主意，格西，”阿利斯戴尔说道，“你可以和我一起住在酒店里。”

“嗯，让我想想。得花多少钱？”妈妈从一开始就想办法阻止这件事。

这时该轮到另外一个队击球了，阿利斯戴尔得去跑野，讨论只好暂时搁置。

我们又看了一会儿比赛，直到太阳西斜，运动员们投在草地上的影子变得越来越长，那边的马也都静静地站在草地上打瞌睡。

妈妈开车回家，路上我们买了印度外卖：鸡肉和辣辣的印度玛莎拉，刚出炉的坚果面包，塔卡尔豌豆，米饭，还有印度抛饼。哇，好香啊！

查莉占据了离桌边最近的位子，眼巴巴地等着我把香喷喷的辣鸡肉塞到她嘴里。弗罗只要印度抛饼就满足了。

我们把坐垫放在地上，就着矮桌边吃边看录像，电影的名字叫《南方英雄》。这个电影我已经看过三遍了。故事里有个婴儿，躺在婴儿车里，被各种各样的男人推来推去，当那个美国男人问谁是这孩子的爸爸时，那些男人们躲躲闪闪的没有一个人站出来回答。这个情节让我印象特别深刻。那个故事发生在苏格兰一个小村庄里，没有汽车的喧嚣，可那个美国人每次上街，总是差一点被摩托车撞倒。还有电影的音乐，太动人了，它让我想起和爸爸一起在伦敦看电影的情景。

嗨，他为什么一定要离开呢？妈妈比他追求的那些患有厌食症的女人们漂亮多了。虽然有时候她的脾气有点变化无常，可她烧的饭特别好吃，而且并没有因为年纪大了就整天邋邋遢遢，自暴自弃呀。

查莉赖着不走，直到我又给了她一块辣鸡肉才肯罢休。和普通的猫粮相比她更喜欢吃有辣味的肉，只要一闻到芫荽的味道，她就耸着鼻子到处试探，可怜兮兮地看着我，眼睛里满是哀求。吃完饭我把脏盘子收拾干净，整整齐齐地码放在洗碗机里，我做这一切都是希望妈妈能继续保持好心情。

“妈妈，咱们去锡利群岛吧！求你啦！”

“让我想想吧，乖孩子。”

第二天阿利斯戴尔打来电话，说圣·玛丽酒店没有空房了。在那种地方的酒店找到空房当然是很困难的，得提前一周就预订才行。

“布雷特十月份要到锡利群岛去看鸟，我们能跟他一起去吗？”

“看鸟？我不怎么喜欢看鸟。再说，我到锡利群岛去也没事可干。”

“妈妈，你怎么这么自私。我喜欢看鸟。我自己去，不用你去。”

“你自己去？”

“和布雷特一起去，还有他的爸爸、妈妈。”

“我们并不认识他们。不行。肯定不行。等下次有机会吧，好孩子。”

“哪个下次？我可能没有下次了！”我大声叫着。

“格西，你竟然用这么刺激情感的话要挟我！我真替你害臊！”

“再说，阿利斯戴尔也去啊。”我气哼哼地把手里剩下的一小块饼朝她扔过去，砰的一声关上客厅的门，爬到我的阁楼间去了。真恨不能逃出去放声大哭一场。哼，连猫咪们都不来安慰我——我一生气把他们也都关在客厅里了。

自己做了错事，或者别人不理解而错怪我都让我特别难过。不知为什么，最近总是不顺：上不了学；弄坏了图书馆的书；葬礼上哭得完全不能自控；寻找家族在康沃尔的根也没有任何进展，现在又因为这事和妈妈吵了起来。

我实在是太想去锡利群岛了。

不过现在我是哪儿也去不了，什么事也做不成了——我觉得头痛得针扎一般，肚子里也绞作一团，翻了江似的难受。

第十五章

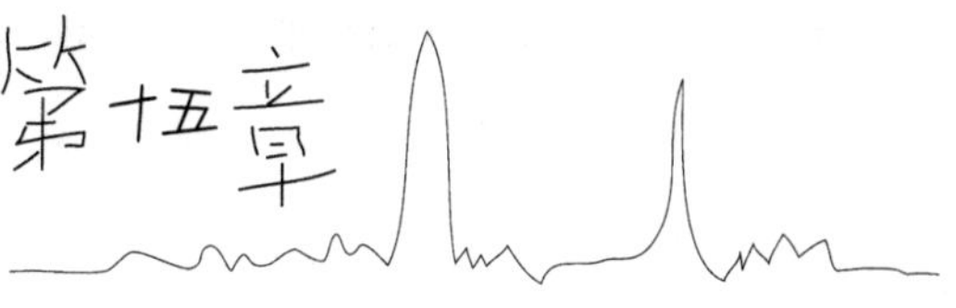

我真不敢相信我的眼睛了：妈妈居然穿着短裤，T恤衫，运动鞋，正准备和阿利斯戴尔一起去跑步。她化了妆，头发梳到脑后，额头上戴着吸汗头带，腰上也系着吸汗带。

“你准备好出一身大汗了，妈妈?”

“可能会吧。”她站在大穿衣镜前，前后左右、上上下下、仔仔细细地照着。

“我的屁股下垂了吗?”

“是啊，很松懈。你应该披上印度女人戴的头纱。”

“谢谢你的建议，格西。亲爱的，一会儿见。”

前院院子里撑了一把太阳伞，我拿了一本书，坐在伞下读了起来。隔壁院子里的晾衣绳上搭满了花条子床单，海风吹过，哗啦作响。不过，我没有看见是谁把那些床单挂上去的。

谁想刚刚过了半个小时，阿利斯戴尔就把妈妈送回来了。她又弄伤了自己的后背。他们沿着帕斯美尔海滩慢跑时，她东瞅西看的，说是要欣赏大海的美景，可是“不知怎的突然就动不了了”。谁叫她老以为自己还年轻呢，这下该接受教训了吧。

妈妈躺在沙发上。阿利斯戴尔给她拿来镇痛药，还有一杯威士忌酒。他说，苏格兰威士忌是最好的镇痛药。我看还不如说是麻醉药呢！他应该用酒给她搓搓后背呀。

“格西，今晚你能照顾妈妈吗？说不定她是腰椎间盘出问题了。”

多么庄严的责任——轮到我照顾妈妈了！我灌满热水袋，放在妈妈的后背底下，又拿来一条毯子给她盖好。

“妈妈，你知道你脚趾头上有好多毛吗？”

“格西，你能不能别吵了，别出声了。”

她哭了，看上去真的难受极了。我给她倒了满满一杯威士忌。

“哎哟，太多了，亲爱的，太多了。”她叨咕着，却也喝得干干净净。

第十六章

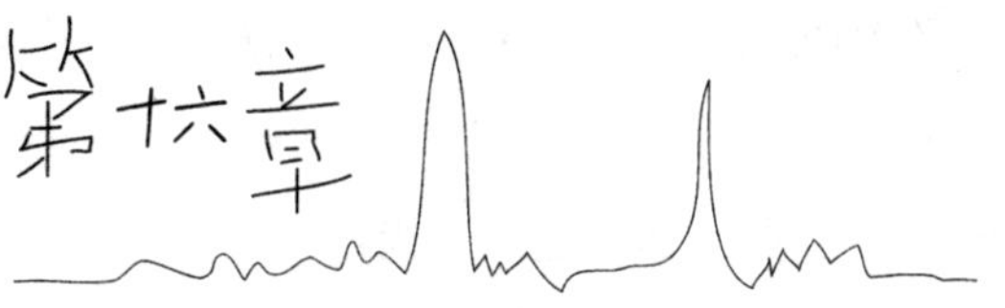

妈妈认识了一个新朋友，是给她治疗后背的物理理疗师。我们要到她家去做客。理疗师的家住在“马城”，距离圣·艾夫斯大约一英里。其实那地方叫豪斯城，跟英语“马城”的拼写一样，我就叫它“马城”吧。这里的地表大多是花岗岩沉积岩，光秃秃的岩石上几乎没有任何泥土覆盖，只是星星点点有几棵小金雀花，荆豆花，或者石南花点缀其上。天空中不时传来红头美洲鹫的叫声，阴森怪诞，萦绕不散。远处有些小块的田地，里边种着毛茛和雏菊。四周并不见云雀的踪影，却能听得到它们啾啾的鸣唱。马城是个不起眼的小城，也是个十分祥和宁静的小城。

理疗师家有三个孩子：一个叫加百利，八岁；一个叫菲德拉，十六岁；还有一个叫特洛伊，十五岁。今天只有加百利在家，另外两个都不在，去冲浪了。加百利带我去看他的宝贝。他指给我看两只兔子，小家伙都长着毛茸茸的长耳朵，蹦蹦跳跳地在草地上玩耍；他还有三只鸭子：妈妈、爸爸和一个女儿，个个昂首挺胸，一家子正忙着在草地上觅食。加百利说，有一只鸭脚有点瘸，但是很能下蛋。院子里有一个大池塘，水源来自外边的小河。可他家的鸭子从来不到池塘里去戏水，它们好像更喜欢草地。他说池塘里有青蛙、蟾蜍，还有水蜥，可惜我什么都没看见。院子里还有一只小公鸡，亮亮的羽毛在太阳下闪着金光，漂亮的尾巴翘得高高的，头顶的鸡冠红红的，特别英俊。不远处有两只咖啡色的母鸡带着六只小鸡，静静地蹲在盖着三角形顶棚的鸡窝里。鸡妈妈认真地守护着它的孩子们。鸡宝宝中只有一只是黑色的，其他都是黄色的。小黑鸡一直乖乖地趴在妈妈的背上。加百利让他最好看的宝贝压轴，他最后带我到楼上，打开有通风口的小柜子，只见柜子最下边一层铺着一条毯子，上面还罩着一条毛巾，原来是他的花斑猫珍珍和四只小猫仔静静地睡在那里。小猫仔出生才刚刚三个星期，三只有花斑，一只纯黑。它们你挨我、我挤你地滚在一起，站起来时，细嫩的小腿还微微发抖。珍珍原来的名字叫特来希亚，加百利给她改成了珍珍，以表示对她的珍爱，看上去珍珍也很为自己骄傲呢。她还不满一岁，这是她养的第一窝小猫仔，可你瞧她无微不至地关照着她的宝宝们，已经是一个十分称职的妈妈了。加百利还有一只雄猫，叫斯皮克，是黑白两色的花斑猫，不过他并不是这窝小猫仔的爸爸，因为他已经被阉割了，但不管怎样，他每天都抓来老鼠给珍珍吃。

加百利已经完成了带我参观游览的任务，一溜烟跑出房门，转眼间就爬到了树上，手里还拿着一把长锯和一把锤子。他在老橡树上建了一个平台，上边居然还搭了顶棚。通往平台的楼梯是他爸爸做的，他们在树上造了一座像模像样的房子。平台上的家具一应俱全，门口还挂了一个牌子，上面除了写着："詹姆斯·达林父子——阁楼制造"几个字之外还画着一座漂亮的楼梯。看得出加百利继承了他爸爸会制作东西的天分。

他妈妈名叫克莱尔。她说，加百利除了上学、吃饭和睡觉，其他时间都在树上，有时他甚至把茶也端到树上去喝。加百利用绳子和滑轮给自己做了一套设备，可以把他送到树枝上去。树杈上还吊着一挂"人猿泰山"[1]绳子，可以荡秋千。

我跟在鸭子和小兔子后边漫无目的地在院子里转悠，发现院子的尽头有个百草园，里边种的茴香、薄荷，郁郁葱葱；百里香、紫苏，团团簇簇；高大的向日葵，茂盛的薰衣草；有土豆、豇豆，还有一块宽宽的地垅，用塑料薄膜覆盖着，像小弄堂一样，里边种着做沙拉需要的各种蔬菜，香气扑鼻；还有圆茄子、西红柿、大白菜，无所不有，其中有许多稀奇古怪的菜蔬我都不知道叫什么。院子的另一头则留给了大自然，

[1] 二十世纪三十年代美国电影，剧中男主角泰山靠绳子在非洲丛林中摆荡，并以此搭救女主角珍珍。

就像河边的天然草地一样盛开着各种各样的野花，有罂粟花、矢车菊、大麻仙鹤草，还有高高的羽毛草，简直是蝴蝶和蜜蜂的天堂。我要是蝴蝶，飞进这仙境般的花丛中也会流连忘返的。

我发现院子里还有一座像茅草房一样的小屋，躲在大房子的后边，用皱纹铁皮做的圆形屋顶盖在小屋上，很像吉普赛人的篷车，让我很是好奇。小屋的四周摆满了盆栽的紫色天竺葵和金盏花，花盆周围用灰白两色卵石砌得整整齐齐，俨然一座神奇的园中园。

我迫不及待，想立刻进去看个究竟。妈妈和克莱尔都不在眼前，顾不上请示她们了，我就自己作出决定，顺着木头台阶走上去，透过挂在窗上的红格窗帘悄悄地向里窥视。屋里没有人，东西摆得井井有条：沙发、单人床，上面还铺着红格毯子。屋子一边的炉子旁边有一张矮桌，另一边是厨房和饭桌，一道珠帘挡住了一个小门，我猜后边一定是浴室。靠墙边还有一个黑色的书架，上面有一幅镶着镜框的旧照片，照片上是个女孩，很苗条，卷发，身穿白色棉布连衣裙，手里拿着一束盛开的鲜花，也许是结婚典礼的纪念照吧。

小屋旁边有一条小河流过。河上有座小木桥，一只肥大的花斑猫正趴在桥上看着我。“你好！”我向它打招呼，可它却一脸傲慢地扭过头去，眼睛直直地盯着闪闪发光的河水。阳光照耀的河面上，不时有棕红色的鳟鱼跃出水面。

小河对面有一片高大的苏格兰松柏。松树低处的树枝都折断了，散落了一地。树上落满了小乌鸦，像脖子被卡住了似的呱呱地叫成一片。一群牛躲在林子旁边的庄稼地里，不时有“哞哞”的叫声从地里传来。前几天我读过一首写奶牛的诗歌，好像是一边在挤奶，一边在歌唱什么的。

主人已经在苹果树下的草地上铺开了一条毯子，大家都坐在上面吃茶，点心是加百利的爸爸新烤的面包。他只回来了一小会儿，匆匆忙忙给自己做了个三明治。

“我看见你和阿利斯戴尔了，是你吧，在星期六的板球比赛上？”他问妈妈。

“对，是我，”妈妈答道，“我好像也认出你了，你是和他一起的击球手，对吧？”

“他是个很棒的击球手，我不行。他打得准。”

我们肚子里都填满了各种各样好吃的东西：螃蟹肉、火腿肉、奶酪、沙拉，最后一道是浇了一层奶油的夏天布丁。长耳朵兔子、鸭子，还有那群鸡都不停地在我们周围转来转去，目的当然是分享好吃的东西。黄蜂也不断飞来试运气，所幸没有人被它们蜇到。

我又想起了外婆，还有她给黄蜂设的陷阱。她在一个沾满了果酱的空瓶子里灌上半瓶水做诱饵，黄蜂就会寻着甜味儿飞过来了，想也不想，一头扎进瓶子里，于是无一例外，只只都被粘住，扑腾不了几下就被淹死了。外婆杀虫子可真是诡计多端啊。她与毛毛虫和蜘蛛的战斗从来没有停止过。外婆绝对不允许家里有蜘蛛网。

我跟妈妈经常为蜘蛛结网的问题争吵。她认为蜘蛛不应该在房间的角落结网，更不应在灯罩、书籍上结网。但是可怜的蜘蛛就是靠结网逮住小虫子，然后把它们吃掉才能维持生命呀。比如青蝇呀，果蝇呀，黄蜂呀，还有其他小飞虫都是靠结网逮住的。如果不织网，它们又怎么生存呢？妈妈讨厌小飞虫，所以她也不赞同蜘蛛到处结网。我认为她的蜘蛛恐惧症是外婆遗传的。有一次她过生日，我送给她一把非常漂亮的鸵鸟羽毛掸子，结果那成了她最喜欢拿在手里挥舞的武器。我真后悔送给她那把掸子。回家后，我应该把它藏起来。不知道躲在厨房抽屉里那些非常小的蜘蛛是靠什么为生的？还有旧鞋盒子里的蜘蛛，它们住在那么封闭的地方，能找到什么吃的东西活下去呢？会不会是小虱子呀？

珍珍也加入我们了，它吃了很多奶酪的碎片和火腿上的肥肉。我想它要给四只小猫仔喂奶，一定总是感觉饥肠辘辘的吧。加百利还是待在树上，一边拉锯，一边哼着自己编的小曲。我一直担心他会不会把自己坐的那棵树枝也锯下来呀。那把大锯快和他一样高了。

“谁住在后边的小屋子里呀？”我问加百利的妈妈。

“莫斯的妈妈，她来看我们时就住在那儿。那是奶奶的小屋。”

太有创意啦！我也想住在一间那样的小屋里，可以从河里钓鱼，自己饲养母鸡。天啊，没准儿到了荒岛上我就可以给自己造一间那样的小屋啦。我要用卵石和贝壳在花园里铺路，栽上可可树，香蕉树，木瓜树，还有橘子和柠檬树。我一直想种一棵柠檬树，因为我特别喜欢柠檬树叶子的味道。妈妈也可以从树上摘新鲜的柠檬，切成片，放在她的杜松了酒里，或是别的什么补养饮品里。可问题是她不能跟我一起到荒岛上去呀。那我就自己学会喝杜松子酒，我知道失事的破船里总是有很多杜松子酒的，到了晚上，我就穿上睡衣自己为妈妈干杯。

我们朝着在圣·艾夫斯的家开回去——“在圣·艾夫斯的家”，听起来多棒啊！突然，一匹马跃过路边的界石，跑到了汽车的前边。只见它像电影里的种马一样张着嘴巴，露出黄黄的大马牙，边跑边嘶叫着。紧接着，一匹，又一匹……一共八匹膘肥体壮的大马跨过界石跑到公路上，大眼睛里充满了兴奋，撒了欢似的在汽车前奔跑，漂亮的鬃毛和马尾巴飞舞起来，连成一片。车道立时被汗涔涔的马匹塞满了，还没有钉过掌的马蹄子踩在公路上，发出一阵阵沉闷的声响。妈妈只好把车停在路边的紧急停车带上，走回去告诉村里的农民他的马都跑了。这时一位大高个儿、红脸膛、穿着吊带休闲裤的男人跑过来，一边拍着大腿，一边笑着尾随着他的马群跑去。眼下这条路似乎已经变成了驮道，专供马匹行走了。他们朝着玫瑰花山的方向跑去，那么无拘无束。现在我终于明白这里为什么叫“马城”了。

这就是我们和达林一家共同度过的一天。是充满神奇的一天。

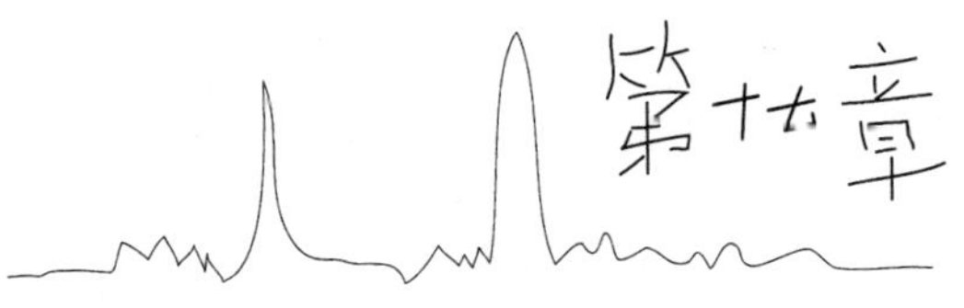

妈妈每周必须到物理理疗师那里去两次。医生告诉她：不准干花园里的活，不准布置房间，也不准用吸尘器打扫卫生。她闲待着好无聊，情绪时好时坏，坏的时候居多。她有一台小理疗机，有电极，把那些电极贴在皮肤上，肌肉就随着电波振动——表面看起来过程就是这样的。家里存的威士忌酒不断减少。她绝对不可能在荒岛上生存，她会把船上一桶桶的朗姆酒飞快地喝光。

我觉得房间的装饰就像现在这样挺好的，可妈妈一定要让整座房子处处显示出她的标记，真像猫为了阻止别的猫入侵自己的地盘，一定要围着自己的领地到处撒尿一样。现在屋里的旧墙纸撕了一半，墙上斑斑驳驳，像一幅幅世界地图。不过，看看原来的房主们留下的印记也是蛮有意思的——有花卉图案的，也有几何图形的。我们是打算把墙壁刷成干干净净的玉兰花色，我想差不多就是白色吧。可是眼下，妈妈什么也不能做，每天除了呻吟，就是啜泣，再不就是喝酒。

小水池的情景倒是不错，水里的植物都慢慢长起来了，池边种的小绿竹也生机盎然。

豪斯城加百利一家人总在我脑子里，挥之不去。那才是真正的一家人呀，有爸爸、妈妈、三个健康的孩子。他们是怎么做到一直住在一起的呀？是靠丈夫和妻子都爱着对方，互相永远不背叛？或者是因为他们的孩子都很健康，一点毛病都没有？

都是因为我才使爸爸妈妈的婚姻变得紧张了。因为我一直在生病，妈妈不得不待在家里照顾我。说不定爸爸是因为有我这样一个病怏怏的，发育不良的，长得又丑的孩子觉得很没面子才离开我们的。为什么我的家就这样四分五裂呢？太不公平了。现在妈妈的家就只剩下我一个人了，我死了她可怎么办呢？她伤心的时候，她老了不能动的时候，谁照顾她呢，谁又能给她倒杯茶呢？她也需要一个家呀。

我去图书馆，尽量不显露出自责和犯罪的感觉，可如果你撒了谎，偷了东西，想装得若无其事是很难的。我又去把那两本已经不存在的书续借了一次，不知道图书馆还允许这样续借几次，就必须得把书还回来了。那位女馆员非常健谈，她问我是不是我妈妈觉得那两本书特别有意思，而我只好又一次撒了谎。

“唔，是啊。她正布置房间，其中一本书给她好多启发。她还在院子里弄了一个大水池，带喷泉的，还有一座小桥，所以另外一本书对她帮助也很大。”

“真的？这可是太不一般了。”

这个骗局可怎么了结啊？要是一开始我就承认我把书扔了多好啊。可那样就把妈妈惹火了，要是知道我去参加那个陌生人的葬礼就因为对方姓史蒂文森，她非得晕过去不可。她一点都不懂我的心情。

就在我要离开图书馆的时候突然看见墙上挂着一个“圣·艾夫斯档案室”的牌子，下边还有指示箭头。我想档案室应该像博物馆一样，有各种资料和图片可供查阅。于是，我就跟着箭头走到楼上一间墙上挂满老照片的房间。照片都旧得发黄了，有渔船，渔民，还有海鸥，港口里桅杆林立，海鸥嬉戏，美丽壮观。档案室里有一位年轻女士坐在电脑前忙着，一位老人正从一个档案盒子里查找什么。

我蹲下喘气的时候，那位女士走到问讯台后边，看着蹲在地上的我，问道：

“需要我帮忙吗？”

我站起来，说：“要的。我要查找一个家族的资料。”

“叫什么名字？”

“格西，不，是奥古斯塔。”

“你要查找的家族姓奥古斯塔？”

真难为情，我怎么这么笨！“不是。对不起，应该是史蒂文森。”

“噢，史蒂文森。有，这里有很多姓史蒂文森的。”

“太好了。有没有一个从前在这一带做汽车销售的史蒂文森？他是我爸爸的爸爸，我的爷爷。”

“他叫什么？”

我搜肠刮肚，也想不出他叫什么。

“嗯……不知道。”

她无可奈何地叹了口气，把我领到一个有许多档案盒子的书架前。一个小时之后，她说档案室要关门了。一点希望都没有，根本没有任何关于史蒂文森——汽车推销商的记载。

回到家里，我又搬着《大黄页》翻来翻去，万一能找到一个跟汽车推销行业多少有点关系的史蒂文森呢。当然又是一无所获。

“妈妈，爷爷叫什么名呀？”

“不知道。问这干什么？”

她躺在毯子上，心不在焉地说道。

“没什么，就是好奇。下午茶吃什么？”

“没什么好吃的，就吃炸鱼和炸薯片吧。”

“好啊！”

每个周五晚上妈妈都和阿利斯戴尔一起去酒吧，可是这个周末他去锡利群岛打板球赛了，整整一个周末都不在，所以妈妈很是闷闷不乐。

昨天夜里我做了个梦，梦见自己在飞，没有翅膀，就那么在半空中飘浮着。我能像蝙蝠侠或者小飞侠彼得·潘一样靠摆动手脚、胳膊和腿控制方向。飞行高度和海鸥一样，感觉妙极了，一点都不冷，也不害怕，而且即使在梦中我也明白我飞得并不好。我就那么在空中飞啊，飞啊，鸟瞰下面黄绿相间、色彩斑斓的田野，还有点缀在上边的星星点点的母牛、海鸥，很像旧时人们在婚礼，或是狂欢节中抛撒的各种糖果。那种轻飘飘的快速的感觉真让人享受啊！后来，我飞到海岸边，到处是参差不齐的黑色岩石，于是我就朝着涌起排排浪花的大海俯冲下去，然后就醒了。

第十八章

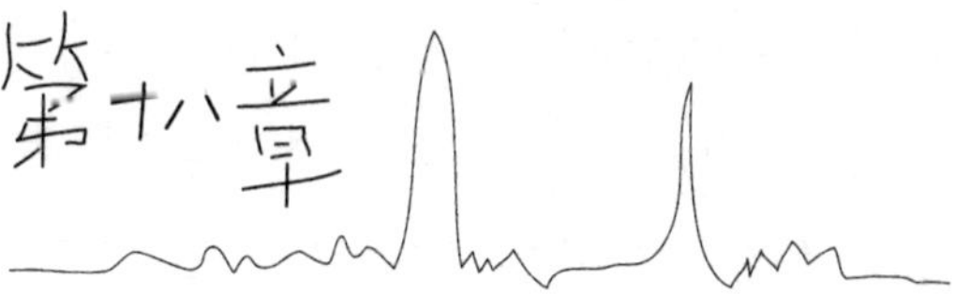

我家的小海鸥还是呼哧呼哧地喘着粗气，不停地在房顶上跳来蹦去，徒劳地拍打着翅膀。它不安地从房顶的一头绕到另一头，大多数时间都孤零零地自己待在那里，偶尔它的爸爸或妈妈才落在烟囱上看看它。我猜它父母中的另一个一定是去捉鱼准备晚饭了，或者是到外边游玩去了。

我觉得自己跟那只小海鸥一样，既不会唱歌，也飞不起来，模样长得又不好看，离开父母自己什么也做不成。

妈妈和我一起玩拼字游戏，赢她越来越容易了。即便输了，她似乎也不像以前那么在乎了。以前每次都是她赢我。

我在乎。

镇里鹅卵石铺就的小路很狭窄，路上经常有小海鸥站在那里左顾右盼，不知所措的样子，而它们的父母则站在烟囱上，焦急地大声召唤着。大多数带着学龄孩子来度假的人到这时都回家去了。

咦，我们的小海鸥怎么掉到院子里了？我猜想大概试飞又失败了吧，刚才它还在房顶上呢，眨眼间就掉到草地上去了。我们想去帮助它，可刚要靠近，它的父母就拍打着翅膀尖叫着朝我们扑下来。最后，我们想尽一切办法才给它盖上条毯子，妈妈抱起它，把它送到我窗外的屋顶上。它的父母惊慌失措，尖声叫了半个多小时才飞回到房顶上，看到小海鸥居然安然无恙，还以为是它自己回到家里的呢，自然惊喜万分。小海鸥却缩在烟囱旁边，一脸的不高兴，刚才准是因为不小心走到房檐儿边上挨妈妈骂才掉下去的。再看它妈妈，悠闲自在得活像芭蕾舞一号女主角；高大的雄海鸥站在一旁胡乱揉搓着自己的胸脯，不停地拍拍翅膀，摇摇尾巴，抖落下无数细小的羽毛，它们飘浮在空中，像飞舞的白蝴蝶。（我没戴眼镜，所以觉得那些飘落的小羽毛就像白蝴蝶一样。）

夏天好像真的离开了。浪高了，西北风也越吹越冷了。空中的浓云密不见缝，不能再坐在海边看日落了。

妈妈很多时间都躺在沙发上，或者躺在地毯上。她还经常头疼，脸上一阵阵潮红（她说这叫做“升火”[1]）。妈妈脸上的皱纹比先前多了好多。医生给她开的处方都由我去药房买，为了抄近路，我每次都要穿过特赖恩花园，看那里满园婆娑

[1] 俗称女性更年期潮红为“升火”。

的落叶，秋风吹过，像无数只小老鼠在花园里奔跑。

自从到圣·艾夫斯以后再没有看见过尤金，住在游隼村时，他是我们的邮递员。现在的邮递员是个女的，叫利亚，我每天早上都盼着她来。她很漂亮，短发的颜色有点接近紫色。

爸爸终于有信来了。不管他去了哪儿，总算回来了，而且除了寄给我一张十英镑的票子，还寄来一张家谱，就算是吧。上面写着他爸爸叫哈特利·史蒂文森，一九〇〇年出生在圣·艾夫斯；妈妈叫茉莉·杰克逊……嗯，这里有个法语词，是出生的意思……出生在彭赞斯。她给我爸爸取名叫杰克逊，就是用了她的姓。我爸爸没有兄弟姐妹。他二十二岁时父亲去世，三十岁时母亲去世，那时，我还没有出生。没了，就这些，如果把世代传承的家谱比喻成一棵枝繁叶茂的大树，爸爸勾画出来的不过是棵小树枝子而已。

“妈妈，我能给爸爸打个电话吗？”

“有什么事吗？”

“谢谢他给我寄钱。”

我拨号的时候妈妈就待在我身边，让我觉得跟爸爸说话好不自在。

“喂，爸爸，是我。”

“你是谁呀？是我的小乖乖吗？格西，我的宝贝女儿，你好啊？”他说话的口吻让我觉得我才刚刚四岁，不过，我挺喜欢这样的。

“收到你的信了，爸爸。谢谢你给我的钱，还有你提供的那些情况。不过，我以为你在这里还有表兄妹的。他们叫什么名字呀？”

“没有，格西，不是表兄妹，已经是第二代的表亲了，血缘关系远得多，都是很远很远的亲戚了，几乎完全不来往了。”

“是吗，可是这里有那么多史蒂文森。除了几家姓塞蒙的，好像人人都姓史蒂文森。对了，还有一两家姓别的姓。”

“对不起，亲爱的，想不起那些人的名字了。格西，我得走了。我要去见个人，讨论关于一个电影的事。”

好吧，好吧。你已经帮忙了，谢谢啦，爸爸。不过，你给的那点东西真的没多大用处啊。

邮件里有一张请柬。布雷特星期天过生日，我和妈妈都被邀请去他家参加生日聚会。太好了！我送什么礼物给他呢？我一点都不知道他喜欢什么。对了，他喜欢鸟。我送给他一张买书的代金券吧。妈妈说送给人买书的代金券总是不会错的。

妈妈担心因为她的后背会开不了车到布雷特家。咳，她的后背还是经常疼得厉害。她看上去的确很憔悴。布雷特住在圣·艾夫斯郊区的卡比斯湾，在去游隼村的路上，路太远了，我是不可能走去的。

“看看下次理疗之后我感觉怎么样吧。”妈妈说。

“那是哪天？”

“星期五。”

我给妈妈倒了一杯薄荷茶，一股清香怡人的味道飘散在空气中。

那天晚上，我祈祷上帝让她的背快点好起来。

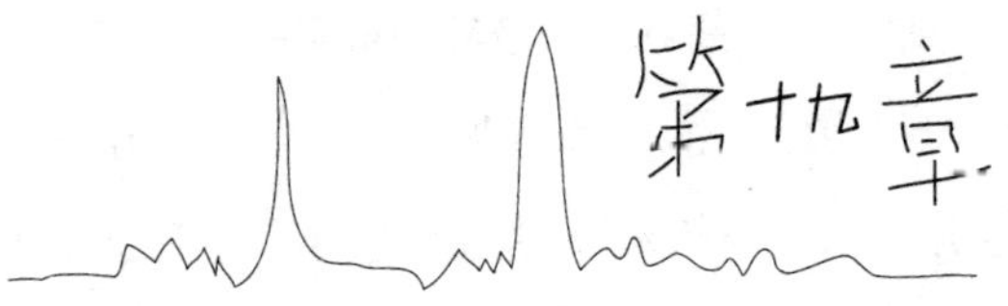

第十九章

妈妈可以开车去布雷特家啦！感谢上帝！

布雷特和他的父母住在一套很大的平房里，就在大路旁边，从他家能看见远处的大海。他们准备了烧烤，有汉堡包和各种香肠。布雷特到大门口来迎接我们，然后介绍我们认识他的父母。他爸爸是老师，教科技和数学；妈妈是英文老师，不过到英国后还没找到工作。她很秀气，而且比我妈妈年轻好多。嗨，大家的妈妈都比我妈妈年轻。上次在海尔我已经见过他爸爸了，就是那次去看鸟。他也显得比我爸爸年轻，而且一看就知道是澳大利亚人，淡黄色的头发又短又直，穿着过膝的长短裤，上边有好多口袋。“新南威尔士大学”几个字龙飞凤舞，印在宽大的T恤衫的前身。他长得有一点像板球运动员谢恩·沃恩。大家都叫他史蒂夫。

布雷特家的院子里有好几棵大树，每棵树上都吊着许多鸟食罐。这里的人们对鸟是一片真心的，给它们提供了花生、葵花子、肉虫子、油料作物的种子、敲碎的可可壳、苹果、玉米等等，凡是你想得出的，人们都准备了。很多小鸟在枝头歌唱。它们在这儿洗澡、吃饭都有专门的地方，还有个小池塘，里面繁衍着鸟儿们喜欢吃的各种小昆虫，真可谓是鸟儿的天堂，应有尽有。布雷特的妈妈让我们叫她海莉。她说他们租下这处房子就是因为这儿的院子大，而且还有个池塘。

在图书馆碰到的和布雷特在一起的那两个男孩也在院子里，还有两个女孩和好多大人。

大院尽头是个斜坡，坡底下支着一顶帐篷，布雷特说有时他会睡在那里。在帐篷里过夜多好玩啊！他说他喜欢躺在帐篷里看星星。学校有一个天文俱乐部，他和另外两个朋友都是俱乐部成员。以前过生日时有人送给他一架折射望远镜，他就在帐篷旁边把三角支架结结实实地固定住，再把那个足有四英寸长的大望远镜放在支架上。他教我怎样通过望远镜观察土星。太不可思议了，我真的不知道还可以在大白天看见宇宙里的另一个星球！布雷特说八月的时候经常有流星，为了观察滑过天空的流星，他有时一整夜都不睡。

“布迪在哪儿呢？”我问。

“在树上，看着我们哪。”

布迪正坐在一棵高高的大树上好奇地打量着我们。真希望它下来和我们一起给布雷特过生日。不过，布雷特说，这么多人，它有点怕生。

布莉吉特九岁，她的姐姐叫茜迈，今年十三岁，比我大一岁。她们是布雷特的朋友莱姆的姐妹。另外一个男孩叫胡戈。

妈妈手里拿着一杯葡萄酒，正和布雷特的妈妈聊得起劲。男孩子们想玩打水枪仗，用长水枪，跟水手枪一样，先把水压到枪管里，只不过喷出来的水柱比水手枪大得多。布雷特的爸爸说不行，因为大家都在院子里，得等我们都进到屋里以后才能玩，可是太阳还高高地挂在头顶，外边暖洋洋的，大家都只管待在院子里吃啊，喝啊，有说有笑的。

我把购书代金券送给布雷特，他俏皮地笑着，说谢谢。我真的喜欢上他了。

茜迈长得很俊秀，一头黑发又长又亮，耳朵上还穿了洞，准备戴耳钉的。她穿着粉色短裙，蓝上衣，只是不大和我们说话。

她的小妹妹特别好玩，对我的一切都充满好奇，她问我在哪儿上学，为什么没去上学，我的心脏怎么啦，什么时候动手术等等，没完没了地问，像我小时候一样。她还告诉我她脑子里的念头都是有颜色的。

“我不明白你的意思。”

“嗯，比如高兴就是粉色的。”

“还有呢？”

“训斥是猩红色的。”

“是吗?”

“紫色是疼痛。去年我被鲈鱼咬了，立刻想到紫色，像紫色一样地疼。”

“鲈鱼会咬人?”

“是啊，然后，疼痛就变成了深蓝色，那是特别痛苦的颜色。”

“你怎么处理伤口的?”

“海滩上的救生员把我抱到他们的急救棚里，让我把脚放在一盆热水里，然后蓝色就消退了。”

“别理她，她总瞎说。”茜迈说道。

茜迈问我喜不喜欢布雷特，我说，当然喜欢啦，他多帅呀。可茜迈想问的是：他是不是我的男朋友?

“你们一起出去吗?”

“哪有那种事！不过我们一起去看过鸟。”

“看鸟?”她脸上闪过一丝轻蔑的微笑，然后又说，布雷特和另外两个男孩对她来说年纪都太小了。我已经知道我不喜欢她了。她好像在另外一个星球上，和我们格格不入。我更喜欢布莉吉特。

“你认识一个叫加百利的男孩吗?”我问布莉吉特。

“他和我在一个班。我们把他家那只小黑猫仔抱回家了。我给它起名叫斯皮克。”

我们一起在池塘边躺下，我把我知道的所有关于小昆虫的知识都讲给她听。

茜迈和大人们混在一起，不时用手把滑到脸前的长发拂到耳后，咯咯地笑着跟布雷特的爸爸打情骂俏。

妈妈最讨厌打情骂俏的女人。她说，她们偷走别的女人的男人，全然不考虑姐妹情谊。我想现在我明白她的意思了。

男孩子们都凑了过来，和布莉吉特一起听我讲蚊子的生活周期。茜迈也悄悄地溜过来，躺在布雷特身边，把她的嘴唇贴到了布雷特的嘴上。我敢说，布雷特一定脸红了。哎哟！茜迈知道她这是在干什么吗？我的上帝！

茜迈让布雷特带她到帐篷里去。他说可以。他们俩就朝院子尽头走过去了，茜迈走在前边，短裙子勉强盖住的屁股一扭一扭的，真讨厌！布雷特就这么跟着她。我躺在那里，惊得哑口无言。

“讲啊，格西，后来呢？”布莉吉特用胳膊肘推着我，催促道。

“成年母蚊子找到一个汁水滴滴答答的肥肥的猎物，像你姐姐一样，咬住她，吸她的血，把疟疾病毒注射进她的身体，还有黄热病毒，橡皮病毒，要么是登革热病毒，然后她就在病痛的煎熬中死去了。”

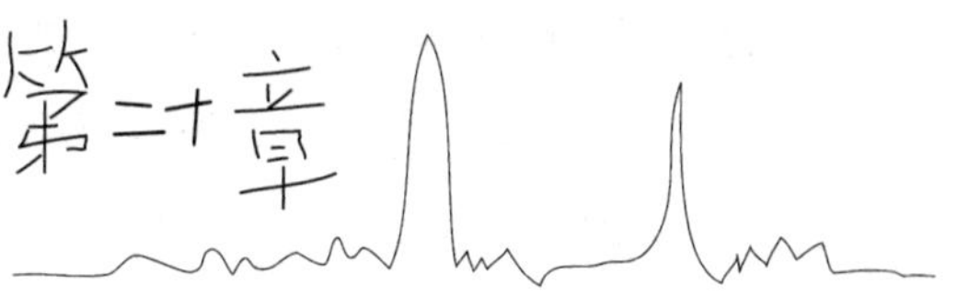

老实说，那次生日聚会我一点都不开心。不过，妈妈觉得还不错。布雷特的父母给她留下的印象很好。可能他们已经说服妈妈允许我跟他们一起去锡利群岛了。可是，不知道布雷特是不是还想让我去。他可能已经完全被那个臭丫头控制了——讨厌的茜迈。

妈妈又学来一个让她显得年轻的新妙招，是那个染了睫毛的女孩告诉她的：把痔疮膏抹在眼睛底下可以消眼袋。我把她的美容技巧都记录下来，再跟臭丫头过招时，我手里就有武器啦。

妈妈说我现在还用不着操心美容。她什么都不知道。

刻不容缓的事情是必须有人帮我改变一下形象。首先是我的头发，稀稀拉拉的，我自己怎么也梳不好，一点发型都没有。

“妈——妈。”

“嗯?”

“我想理发。”

“好的，我给你剪剪齐吧。”

“不要，我要一个专业美容师给我剪。”

她正在往脸上拍油膏，听我这么说，停下手来，使劲盯着我。

美发店藏在一条铺着鹅卵石路面的小街上。店里有两位美发师，一位叫雪莉，一位叫伊芙，还有一位美容师，叫露露。一进门我就开始紧张。

妈妈的头发已经剪好，正坐在一张椅子上，顶了一头黏黏的焗油膏。我坐在她旁边的位子上，感觉比看牙科医生还难受。

雪莉正一边给一位头发雪白的老太太修剪头发，一边念叨着她的马。她说她住在乡下，养了两匹马。末了，她还问老太太待会儿要不要伊芙陪她上山，护送她回家。

“让我看看，”雪莉对我说着，“你想要什么式样的?”她拿给我看几本发型式样画册。我喜欢吉妮的发型，短短的，向上翘着，有点朋克[1]的味道。

雪莉拽过来、梳过去地摆弄着我的头发，一脸的无奈，好像她情愿给她的马梳洗也不愿给我做头发。我照照镜子，

---

1 朋克风潮兴起于二十世纪七十年代的英国。朋克发型夸张，层次落差大，具有冲击性视觉效果。

觉得自己与其坐在这儿，还不如去参加斗牛。我终于翻出一张很像吉妮的照片，赶忙指着她告诉雪莉：就要她这样的发型。

妈妈正在埋头读一本旧杂志，那里边讲的都是些不太重要的知名人士。我就不去打搅她了。一位上年纪的女士推门进来，妈妈抬起头和她打招呼。这家店还真忙。电话一个接着一个，还不断有人进来预约美发时间。他们好像互相都认识。

这时又进来一位女士，是伊芙的妈妈。她跑到美发店的后边去抽烟。那个区域和前边无烟区中间只用一个吊帘门隔开，像西部电影里的小店一样。妈妈不停地用胳膊驱赶着弥漫过来的烟，拼命地咳嗽着。

这一带是小镇的中心。坐在美发店里各种声响不绝于耳：房顶上海鸥的叫声；穿行在狭窄街道上的小汽车驶到转弯处急刹车的声音；康沃尔电台的大喇叭播放的流行音乐；电吹风的咆哮声；电话铃声；还有人们断断续续的说笑声。街上路过的行人总要盯着美发店窗台上那只黑白点的大瓷狗看上几眼，那是只达尔马提亚狗，趴在各种发胶、洗发香波瓶子中间。墙上贴着一张广告一样的东西：“紧张压力让你想撞头？在这里你不必发疯一样地工作。我们能帮你放松下来”。有的女人到这里是要把身体各个部位的汗毛刮干净；有的要把指甲削尖；什么样的要求都有。露露跑上跑下地忙着。她们都那么投入，尽心尽力，好让每个顾客都心满意足，都感觉自己更漂亮了。店里只有一位男顾客，他请美发师把稀疏的头发剃光了，看上去好多了。要不，我也像他一样剃个光头？

咔哧，咔哧，咔哧，随着雪莉的剪子，我周围的地上落满了我的头发。伊芙给我洗头，又给我的头部做按摩。真舒服啊！多希望每天都有人给我按摩啊。然后雪莉先用吹风机给我吹干，又把定型发胶揉搓在我的头皮上，灵巧的双手三下两下就给我做好了发型，最后又稍微修剪了一下。

妈妈正在洗头，直到整个程序完成，她才抬起头来注意到我。

“这是格西吗？我都认不出来了，太好啦！她们怎么给你弄的？”

只见镜子里那个人纤瘦的身材，长长的脖子，一头向上翘起的头发闪闪发亮，更像丹尼斯[1]，比吉妮的发型更夸张，但是很酷。对这个造型雪莉很得意，伊芙和露露也赞不绝口。

不过我要戴上我的板球帽是不是就得把这一头竖发压平了？

到了荒岛我也能保持这个终极发型吗？我会用海鸥蛋的蛋白当发胶。

那位白发老太太头上的花已经又卷紧过了，看上去像头上顶了一堆甘蓝菜球似的。伊芙送她出门时她说：“谢谢你，史蒂文森太太，下周见。”

[1] 费利克斯·丹尼斯，英国时尚杂志大亨。

又一个史蒂文森！到处都是史蒂文森，可我家的那些史蒂文森们在哪里呢？

我已经不再读《鲁滨逊漂游记》了。我知道他后来总算遇见一个叫星期五的家伙，可看在老天爷的份儿上，到底是什么时候才遇见的呀？我已经读到第一百五十页了，星期五还没出现。而且鲁滨逊从来就没有缺少过食物和饮用水。他有火，有武器，有能遮风挡雨的棚子，有猫、狗，有一只能聊天的鹦鹉，喏，还有山羊。假如在那个远离世间的荒岛上他突然看见了麦当劳，或者印度外卖，我一点都不觉得吃惊。

美发店旁边就有一家特别好的印度外卖店，叫露比·莫瑞，每周我们总要从那里买点东西。真想知道他们能不能给我往荒岛上送外卖呀？

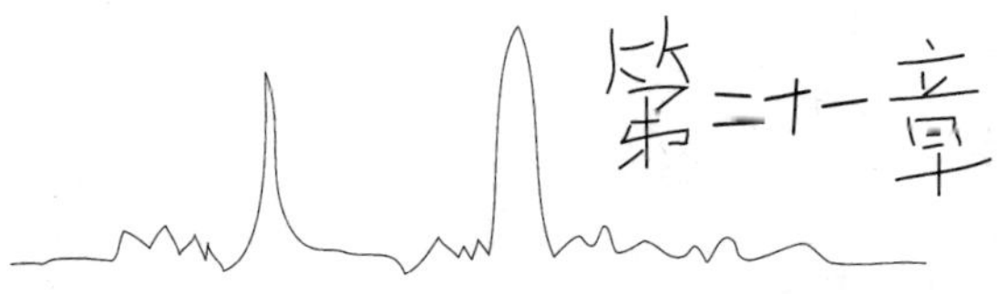

第二十一章

布雷特喜欢我的发型。我们是碰巧在图书馆遇见的。

“哇，格西!”

好在今天不是那个唠唠叨叨的图书管理员值班，不然她又要问我家里装修有什么进展了。

“格西，你唱的是什么?”妈妈从洗澡间大声问道。

“《与玛蒂尔达共舞》。[1]”为了让她听清楚，我又唱了起来：

“与玛蒂尔达共舞，与玛蒂尔达共舞，谁去跳华尔兹……?”

“好啦，好啦。我觉得听起来很熟悉的。”

[1] 澳大利亚民歌，因广为流传也有“非正式国歌”之称。

第二十二章

我在三叶草屋拍的照片今天收到了。那张有一道光束投到墙上，阴影对比强烈的照片拍得特别好，还有那些老人全神贯注玩多米诺牌的照片，我都喜欢。我一定得到另外两个渔民屋去再多拍一些。我还有好多年前爸爸给的黑白胶卷，早就过期了，可爸爸说没事，完全可以用。我突然感到浑身是劲。挂满衣服的晾衣绳拍出来的照片效果也很好呀。

《时报与回响》刊载了一则圣·艾夫斯艺术节的消息。活动包括：诗歌朗诵、小说朗诵、写作讲习班，艺术家画廊也将对公众开放。

酷，噢，我是想说："没治啦！"我一定能拍出好多好照片来。

眼下，一只大个儿的黄色飞蛾正没头没

脑地扑向吊在屋顶上的玻璃灯，我得逮住它。飞蛾的声音就像从漏水的管子里流跑的水，搅得人心烦。我只好把灯关掉，噪声立刻就停止了。我脑子里关于漏水龙头的想象也随之消失了。

妈妈从报刊经销人那里找到一个能帮忙干家里杂活的男人。他叫阿诺德，体型庞大，身上总带着一股黄油和烟草的味道。不过除此之外，他是个很善良的人。他已经把大门上的猫门修好了，又给客厅做了几个书架。这会儿我们正坐在一起喝茶。阿诺德说他也做花园里的活。四年前他和他的太太从伯明翰搬到这里。他们两个都打好几份工：夏天在酒吧做招待或干杂活；到了冬天找到什么活就干什么。他曾经在英国电信工作过。居家过日子需要的各种杂活他都会干。

他的耳垂儿特别长，耳垂儿上的洞也特别大，好像是被以前戴过的耳坠坠坏了似的，要么是谁抓住他的耳坠，拼命拉扯，才弄成这样的。（说不定我也有机会这样去拽臭丫头的耳坠？）他让我想起《小象巴贝尔的故事》[1]，那些娓娓道来的温馨的故事。

小时候，各种语言版本的巴贝尔故事我都有，法语的，西班牙语的，要看买这本书时我们在哪个国家。晚上睡觉前妈妈就给我读《小象巴贝尔的故事》，不过我猜她一定是在自己编故事，因为她不懂西班牙语，也不懂法语。不过我睡觉

[1] 法国童话故事。

前最喜欢听的还是《小熊维尼》。我病重的时候，心情不好的时候，或者睡不着的时候总是离不开《小熊维尼》。这本书里我最喜欢的章节是“小猪受困记”，因为故事是从各个不同的角度叙述的，从小猪的角度，从小熊的角度，还有从克里斯多夫·罗宾的角度，而且妈妈也喜欢，读起来绘声绘色的。想想看，小猪在瓶子里塞了一张字条，把它送出去……等我到了荒岛也这么做。我还可以在沙地上写上：SOS。你知道它除了“给我留点香肠”[1]之外还代表什么吗？

“她怎么没上学？”阿诺德问道。

“她刚做过手术，正在恢复。”妈妈解释道。谢天谢地，她没有详详细细地介绍我的病史。她每次跟别人提起我的心脏，我都感到难为情。我不愿让别人知道。我想让大家把我当做正常人，而不是残疾人。人们一提起我，脸上总是挂上一副理解和同情的样子。我讨厌那种一脸悲伤，实际却心不在焉的样子。感谢上帝，我的心智是正常的。我的大脑和所有十二岁的孩子没有任何差别。

我特别想知道他耳朵上的洞是怎么弄的。他会不会是去了巴西最偏远的地方，出于友谊而参加了当地的什么部落宗教仪式？如果你只想着礼貌和适应别人，就有可能发生稀奇古怪的事情。眼下我虽然一时想不出合适的例子，以后肯定能想出来告诉你。

---

1 SOS恰好是Save Our Sausages三个字的首写字母，这是一种戏谑。

我猜想就像非洲有的地方，妇女必须戴金属项圈，为的是把她们的脖子拉长。当地风俗就是这样。

还有，对女人施行割礼。耶，想都不要想的。

女孩子们干吗突然时兴起文身来了？假如你在自己的身体上纹上“我爱凯文”，就抹不掉了，不是吗？要是你不爱凯文了，又爱上弗莱德了可怎么办？又不能把凯文两个字刮掉，再纹上弗莱德三个字。照这么想，你就必须得和名字字数相同的男孩相爱，比如布朗，杰森，不然改过的疤痕就露出来了。你想一会儿纹“乔”，一会儿又改成“比尔”，或者“布雷特”，而不留任何疤痕是不可能的。也许用缩写更明智些，先纹上两个字母，以后如果你的男朋友名字很长的话再往上加。这样就不会有疤痕露出来了。

说曹操，曹操到——说着疤痕，我自己的疤痕就痒起来了，痒死了。

我一定得找到老澳怎么说“痒”这个词的。

第二十三章

我来到海边的渔屋，几个老人正待在屋里。我先对着屋里的墙壁拍了一张照片：墙上挂着一个标示牌，写着“不许咒骂”四个醒目的大字。还有一些古旧褪色的图画和照片一字排开，画面上都是男人和男孩子们，有的正在船上撒网，有的在港口卸下刚刚捕获的鲜鱼。

“女人可以进入渔屋吗？”

“只要她们愿意，当然可以。不过到后来她们都成了做馅饼的了。”

“馅饼是怎么做的？”我问帕金先生。

“这你得问老婆子们喽。”

“在家里我管做饭。”一位瘦高的男人边说边随手把烟丝塞进烟斗，压得瓷瓷实实的，接着划了根火柴点着。

“那您肯定知道怎么做馅饼喽？”我问道，

手里的相机一刻不停地拍摄着他们说说笑笑的场景。

“我就从合作商店那儿买来油酥面团，把它轧平，用盘子扣成圆饼形；然后再做馅儿。”他把玩着烟斗，清清嗓子接着说，“切些土豆片、牛肉片和洋葱，掺上点儿水，放进碗里拌一拌，再加点儿盐和辣椒粉——我爱放很多辣椒粉。”

“把馅儿平铺在圆面饼上，铺一半，再把另一半面皮对折过来。在边角捏出褶子，就好啦。”

他给我演示怎样压褶，粗大的手指在桌角一遍一遍地按压着。

“放进烤炉里烤上一个小时。”

“你忘了在饼上扎个洞，好让热气透出来。”旁边一个男人补充道。

“噢，对啦，确实如此。”我们的大厨师说着，再次点着了烟斗。

“我老婆在馅儿里加甘蓝和土豆。”一个拄拐杖的男人插进来说。

“瞧她把你宠的，你可是让她给宠坏了。”大家都哈哈大笑起来，甘蓝男人也被逗笑了，脸上挂着得意的表情。

这时一个男人说他小时候吃过羊头。听着就让人恶心。

“我是吃土豆和面包长大的。如果你能吃上一顿，哪怕是肉汤里煮的羊头，‘再吃块面包’，老辈人那时候不叫‘一片’面包——就把肚子里的缝都填满了。嗨，哪怕是一条咸青鱼和带皮煮的土豆，再来一块面包也能填饱肚子的。”

我又在玫瑰渔屋抓拍了一些场景。男人们在打尤克——是一种纸牌游戏。这时平射过来的光线开始变暗，取景框里的画面有点无精打采的了。屋子里烟雾缭绕，呛得我不能久待。正准备离开时，有个人突然问道："我的孩子，你是本地人吗?"

"我是史蒂文森家族的人。"

"又一个史蒂文森家的人啊。"

"我叫奥古斯塔，我爸爸叫杰克逊·史蒂文森。"

他们交换了下眼神，接着说：

"是他呀，杰克逊·史蒂文森。"

"他是哈特利的儿子。"

"对，哈特利·史蒂文森是我的祖父。"

"千万别介意，别介意啊。"

"什么意思?"

"哦，没什么，只是听说他有些行为不轨。"男人们都笑了起来。

"是啊，可是他也为他的行为付出了代价。不用放在心上，我的孩子。"一个驼背的老人，看上去快有一百岁了，朝我眨了眨眼睛。

虽然不知祖父究竟做了哪些"不轨"的事情，可我突然感觉有些许的内疚和羞耻。

"他到底做了什么?"

"某种诈骗，罪名是什么来着，汤姆?"

“我听说是在汽车里程表上做手脚。”

“不，是关于地产的，哈特利总是倒卖地产。”

“对，他插手很多事情。”

“后来他带着老婆和儿子离开了这个小镇。”

啊，天哪，我是不是很像我的哈特利祖父，撒谎和欺骗。想到这儿，我觉得自己的脸在发烧，一直烧到后脖根。

“现在只有我爸爸还在，他的父母好多年前就死了。”

“没关系，我的孩子。不管怎样，史蒂文森家族还有好多诚实的人在本地呢。”那个比较友好的人说道。

“哈特利有个妹妹——叫什么名字来着?”驼背的老人问。

“叫菲，没错，她叫菲，很漂亮。红头发。是的，我追求过她，可她不同意。说是不想嫁给渔民。”

“是说不想嫁个皮包骨的蠢人吧?”老人们笑得一个劲儿地咳嗽。

“菲嫁给了一个很高大的男人，不过不是本地的，是个外地人。”

“继续玩牌吧。”瘦男人说着洗了牌。

我得出去呼吸点儿新鲜空气，屋子里的烟味儿太重了。而且，天色也晚了，妈妈该找我了。

真希望多待一会儿，好有更多的发现。

第二十四章

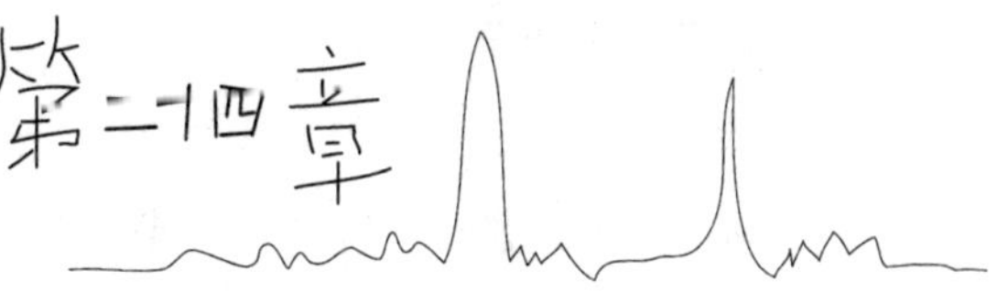

我听到了坏消息。我在伍尔沃斯商店碰见了布莉吉特和她的妈妈。她的妈妈正在床单和毛巾货架前挑选着什么，布莉吉特和我都在糖果摊上用小铲子往纸袋里装糖果——我偏爱大方块的太妃糖，她喜欢可乐糖——然后她告诉我，这星期每天下午放学，布雷特他们都会去她家。

去找莱姆？恐怕不是。

布莉吉特说她姐姐在肚脐眼上也扎了洞。不仅如此，她竟然开始穿有厚垫的胸罩了！她一天到晚与莱姆和布雷特混在一起，对布莉吉特故意视而不见，或是对她很坏。

“她真招人讨厌！”

“紫色的，还是蓝色的？”

“蓝色，是半夜的深蓝，讨厌死了！”

我完全同意。

我带着从海边渔屋得到的新消息，又来到档案馆。等呼吸平静下来以后我对管理员说："我想再查一些关于我父亲家族的资料。我的祖父是哈特利·史蒂文森，一九〇〇年出生，可是已经去世了。但他有个妹妹，名叫菲。"

女管理员拿来了一大盒史蒂文森家族的资料。我没查到关于哈特利和菲的消息，却意外地发现了一长串家庭绰号，有些很可爱，另一些却略显粗俗：

小家伙哈里巴；海鸥埃德文；大力士乔；咸盐迪克；茶叶乔治；小马仔乔奇；快乐乔奇；水手威利；瓦西波利；饿肚子船长；小喇叭提利；湿奶头贝丝（真是这么写的，我可不是在开玩笑）。

正当我准备放弃查询离开档案馆时，楼梯上悬挂的一幅镶框照片引起了我的注意。照片里是斯密顿码头，两个男人正在修补渔网，都背对着镜头。相片上的签名是阿莫斯·H·史蒂文森，拍摄日期是一九二七年。

我又折回到查询台，询问有关摄影师阿莫斯·H·史蒂文森的信息。

"噢，对了，好像有本相关的书。你可以去那边儿找找。"

费了好大劲儿，我终于找到了那本书——《流金岁月》，是一本摄影和绘画作品集，记录着这个城镇逝去的岁月。在目录索引中果然查到了他的名字：阿莫斯·H·史蒂文森。

我径直翻到他那一页，终于查到了我想找的资料：阿莫斯·哈特利·史蒂文森，于一八八〇年出生于圣·艾夫斯市安佳罗街。在圣·艾夫斯市福尔街拥有一家“圣·艾夫斯摄影工作室”。我的祖父哈特利生于一九〇〇年，那么这位阿莫斯一定是他的父亲了——我的曾祖父！一位真正的专业摄影师！原来如此，摄影天赋肯定在我家族的遗传基因里。

还是没有布雷特关于锡利群岛的消息。我好久好久都没有他的消息了。

我还从来没有这样厌恶过一个人——你知道我指的是谁，当然是可恨的茜迈，我叫她SS。

我脑子里闪过许多表达恨的动词：讨厌，反感，厌恶，憎恨，仇视，嫌恶，恨之入骨，深仇大恨，势不两立，不共戴天，嘲笑，鄙视，不齿，不喜欢，等等等等。

对，把这些词全都用上。

真不公平，有些女孩儿生得很美，而另一些怎么打扮都不好看。我很喜欢自己的新发型，可也清楚新发型下的我仍是那个丑丑的怪小孩儿。打耳洞还是穿超短裙，都不能改变这一切。生活真是不公平。我的牙齿既不洁白又不整齐。我的双腿孱弱，手指关节粗大——都是心脏不好的缘故。我的肤色发紫，更没有前凸后翘的身材。不过幸好没有汗毛浓密的脚趾和鼻孔。

我的妒忌到了不可遏制的程度，就像剧毒而又酸苦的绿色颜料，肯定都表现在我的脸上了，对不对？妒忌是可怕的诅咒。

“格西，你怎么了？”

“什么？为什么这么问我？”

“你看上去很恼怒。”

“我现在才十几岁，十几岁的孩子不都脾气很坏吗？”

甚至连猫咪也躲着我了。他们开始迷上了四处探险。经过深思熟虑，有一天他们毅然决定对院子进行一番侦察，从此一发不可收拾，整天不进家门，和街区里的猫儿们混在一起。

我一个人坐在屋子里，让自己专注于观察和记录窗外鸟儿的活动，或是在纸上描画海鸥的轮廓，借此竭力忘掉心头的不快。

我认识的单词也越来越多了——每天学习一个生词。方法很简单：随便翻开字典某一页，挑一个不认识的单词，然后试着当天就使用这个词，从而帮助记忆。今天的单词是：衰败——逐渐退化和衰弱的过程。哈，正是在说我现在的身体状况呀。

这让我想起《掷骰者》——爸爸最喜欢的书。每天列出一张事务表，给每件事情编上号，然后掷骰子决定做哪一件——可以是抢劫银行或是移民到澳大利亚，走私枪支或是学习空手道。有可能当初他就是这样决定和TLE私奔的。他掷了骰子，正中她的编号。

对待SS，我可以：

1. 不理睬她；

2. 当面说出我对她的看法；

3. 冒充布雷特给她写张纸条，说他不喜欢她，通过她的妹妹转交（有一次我伪造签名，结果完全失败——八岁时，我逃掉了宗教教育课，然后写了纸条交给老师——“希望奥古斯塔的行为可以得到谅解，因为对于宗教她并非十分虔诚。”）；

4. 去做修女；

5. 对她格外地好，好到让她自愧自己不值；

6. 穿条比她穿的更短的裙子，戴一头又长又黑的假发，在衬衫里面胸口位置塞两个橘子；

可骰子在哪里呢？

另外对于家庭问题，是否应该：

1. 告诉妈妈长辈中有一个著名的摄影师？

2. 或者告诉爸爸？

3. 对此完全保密？

4. 继续寻找健在亲人的消息？

5. 忘记这些家庭往事？

6. 问问布雷特的建议？

列出这么多条，可是却找不到骰子，或者这就是死局？

生活为什么如此复杂？还有语言也是那么复杂。人们常常会说错话，显得又蠢又笨。我还是不知道在对话中怎样使用“衰败”这个词。

第二十五章

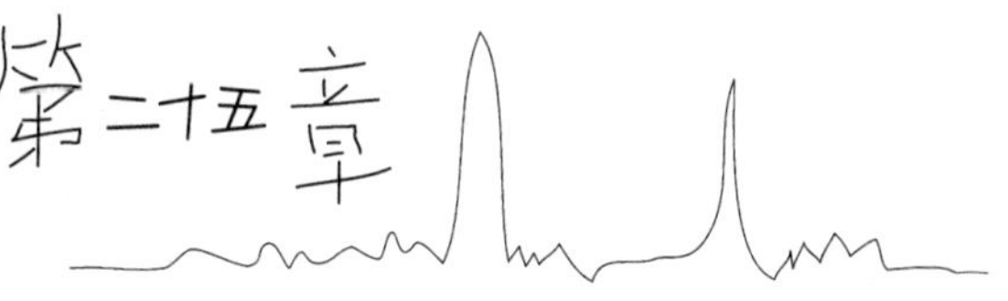

我和妈妈在天堂公园游玩。虽然她并不喜欢喂鸟，但喜欢来这儿。这儿安静，让人放松，而且，她还说那个猎鹰员非常健美。一群红鹳总爱单脚独立，给脖子打上结。我总觉得它们比实际要高些，羽毛的红颜色也要浅些，大概更接近粉红色吧。

我们抚摸着胡迪妮，她是一只老年的雌企鹅。这个名字源于一位著名的逃跑艺术家，因为她在初次得救后就总爱跑。企鹅背上的羽毛摸起来像温血动物的毛皮。胡迪妮是人类亲手养大的，喜欢被人抚摸。她温暖的背贴着我的掌心，摩挲着，像只猫咪。

我真想去看看啄羊鹦鹉，以前它们都在澳大利亚动物区，你可以贴近网笼，直视鹦鹉的眼睛，几乎伸手就能摸到它们。可现在它们被转移到了一个大鸟舍里，和其他品种的鹦鹉混在一起，而且根本无法靠近。我想对它们说话，观察它们的反应。啄羊鹦鹉在解决一些问题时尤其聪敏——比如跨过重重障碍获取食物。最著名的例子是，为得到旅游车里的食品，它们会合作剥啄掉车窗上的橡胶封垫。

我想找本啄羊鹦鹉的专著来看。它们周身的羽毛是古铜色的，像铠甲，又像鳞片，翅膀下的羽毛却是红色的。它们不是两腿交替地在地上行走，而是齐足蹦跳着前进。野生的啄羊鹦鹉栖居在新西兰南岛的山顶上。我一直希望去那儿看看，但恐怕没有时间了。

我知道自己一两年中即将死去，就好像和为你送行的亲友一起，等待着接你离开的火车开过来。你登上火车，知道从此再不能和亲人们相见。心里有那么多的话想说，可火车随时要开走，时间是那么短暂。当你正在努力搜寻合适的词语表达自己时，火车开动了，你爱的人们被远远地留在了站台上，永远无法知道你要说些什么了。我猜他们也会有相同的感受。他们都想说些什么呢？

第二十六章

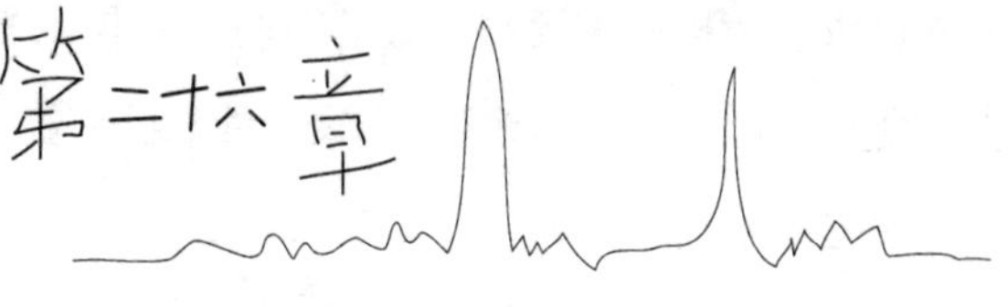

昨晚我做了个噩梦：我做了心肺移植手术，可医生忘了缝合切口，胸腔就那么敞开着，脓和血把伤口和被单粘连在一起。我吓醒了，出了一身冷汗，心脏狂跳不止。

一整天我都有一种不祥的预感，就像拔开了浴缸的塞子，身体被流走的水拖着不停地往下坠。

我看见一只红头苍蝇正在认真地摩搓着它的前肢，好像外科医生手术前用消毒液彻底擦洗手臂。随后那家伙又同样认真地摩搓着它的后肢。

妈妈说我脸色不好：眼袋浮肿，嘴唇发紫。她给我测了体温，冲了杯好立克麦芽饮料[1]，又给我端来一些饼干，就让我和丽娜·

[1] 好立克是一种用麦芽制成的热饮。

伍福莱早早休息了——才八点！我躺在床上，怀里抱着暖水袋。

“想听个故事吗？”

“嗯。讲小熊维尼的故事吧。”

“哪一个？”

“你选。”

她给我读了《维尼的聚会》，维尼把标有HB的铅笔送给“助人为乐的小熊”，把标有BB的铅笔送给“勇敢的小熊”，[1]因为这两个标志正好分别是它们名字的首字母缩写。入睡前我想和丽娜·伍福莱道晚安，却想不起来斯瓦西里语是怎样讲这个单词的了。睡意蒙眬中觉得有只微凉的手在摸我的额头，是妈妈，她打开窗户，拉灭了灯。

---

1 助人为乐的小熊：Helpful Bear；勇敢的小熊：Brave Bear。

第二十七章

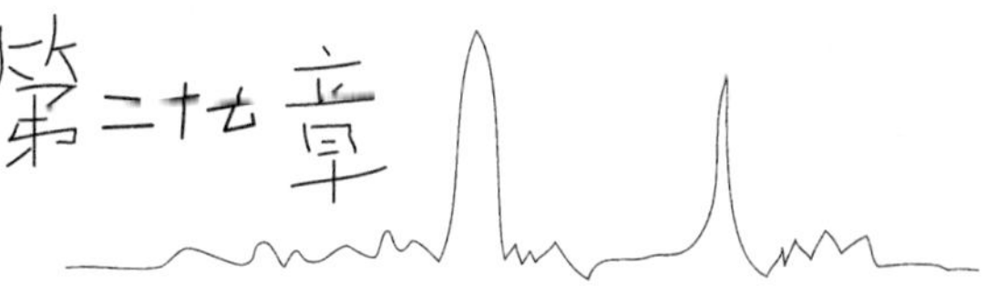

二手书店有个很好的自然史专区，我从里边挑到一本很旧的《塞尔伯恩自然史》和一本一九三七年版的《鸟类的秘密》，作者是法罗顿的格雷，书上有原主人的署名，叫马卓里·菲尔斯·格里顿，也是一九三七年购买的。我想把后一本送给布雷特。书中有一段讲到如何驯服知更鸟：

先在地上撒些面包屑，放一条知更鸟爱吃的大黄粉虫幼虫。再取个像糖果盒一样的无盖金属盒子，把面包屑和虫子放进去。等鸟儿习惯了在盒子里啄食，你就跪在地上用手托着盒子，使它保持与地面水平，注意要把手指伸到盒子前。这样一段时间后，知更鸟会慢慢适应站在你的手指上啄盒子里的食物。这个过程可能需要一点时间。然后除去盒子，把虫子和面包屑直接放在手上。知更鸟会冒着危险飞来啄食。最后一步是站起身来，让鸟儿直接从你手上啄食。如果是天气不好的时候，驯服的全过程大概只要三两天就可以了。一旦知更鸟确信不会受到伤害，即使是在容易觅食的晴天也会飞来的。

我相信布雷特可以驯服任何野生动物。

我还在旧书店花五十便士淘到一本旧书——《鸟类的秘密》，作者是HA·吉尔伯特和阿瑟·布鲁克，由阿罗史密斯出版社一九二四年出版。书的原主人是个十三岁的孩子，名叫GT·伯提特。他署名的字体干净又美观，不像我的字，总是一团糟乱。也许正因如此我更适合做医生吧，医生的处方也总是写得很乱。书中有一段对乌鸦雏鸟的描述很有趣：乌鸦妈妈站在近旁，伏下身子，柔声安抚它那群丑丑的孩子们。小乌鸦的胃口很大，喉咙也很大，每当听到声响或感觉一道影子掠过时，立即把嘴巴张开。它们的嘴巴和喉咙都是美丽的淡紫色，当它们一齐张开嘴巴时，就像鸟巢里瞬间绽放的紫罗兰。

多么美妙的比喻！小鸟一齐张开嘴巴，像绽放开来的一束紫罗兰。我可以把这个比喻写进诗里。

那不是布雷特和茜迈吗，他们是在“约会”吗？哼，“亲爱的，坦白地说，我一点儿也不在乎”。[1]

给查莉、弗罗和兰博打流感预防针加强剂的日期到了，妈妈约来兽医，顺便也给他们打上防跳蚤的注射剂。我们每天都给猫咪们梳毛。猫儿一听到跳蚤梳子敲击花园小桌的声音就会跑出来。查莉总是第一个，也是最麻烦的一个。跳蚤似乎偏爱她的脖颈，小吸血鬼一般喜欢藏匿在白色的毛里。弗罗虽然希望我们给她梳毛，却总是在最后关头改变主意，转身逃跑。她明白这一切是为她好，可总觉得让别人替她抓痒很不体面。兰博最喜欢梳毛，梳多久都不厌烦。他全身腿腰处的跳蚤最多。由于个头大，毛皮又厚又粗糙，他身上的跳蚤比另外两只猫也多。在梳子细细的齿间捉住跳蚤并不难，难的是把他们捏死，尤其是那种黑色的小跳蚤。“啪”的一声把灰白颜色、肚子浑圆的小跳蚤捏死，真让人心满意足。不过随后一定要好好擦洗指甲上的污血。

我总也想不明白，为什么猫儿的毛闻起来十分洁净，有一股林木和树叶的气息呢？按理说他们该有鱼肉的腥味，因为他们总是用食肉嘴巴里的唾液来清理毛发啊。

布雷特来了，我们的妈妈们约好了上午一起喝咖啡。我妈肯定会对他妈妈唠叨我的病情有点恶化，如果病情危急会

1 根据名著《飘》改编的影片《乱世佳人》结尾处著名的台词。

如何处理，等等。不管发生什么，反正我身上总会戴着医院的紧急呼救机。而且到时候阿利斯戴尔也会在锡利群岛，真是太好了。

我把《鸟类的秘密》拿给布雷特看，还把那本关于知更鸟的书送给他做礼物。他则借给我一本关于澳大利亚鸟类的书。

我真希望亲眼看见一只花亭鸟。它们总是在搜集各种小物品来装饰鸟巢，就像妈妈收集老式的蕾丝台布和亚麻枕套，把家里装饰得十分漂亮。花亭鸟用漂亮的鸟巢来吸引伴侣。

我喜欢收集羽毛、贝壳、鸟巢和漂流木——一些自然物品来装点我的房间。我也是在吸引伴侣吗？在图书馆的一本澳大利亚鸟类的书里，我查到了花亭鸟的资料：

> 缎蓝亭鸟——成年雄鸟的体羽通常为蓝黑色，闪耀着美丽的金属光泽。雌鸟和雏鸟的体羽则一般为暗绿色，隐约可见条状花纹。雄鸟先用树枝编织出一个齐整的平台，随后飞到各处去衔来大约三十厘米长的树枝，一根根地插在台子两侧，构成两道密实的篱笆，中间就成了平坦的过道。然后它在过道上铺满细枝和嫩草，开始修建它们的小亭子。先用唾液和咀嚼过的植物粉刷两边的篱笆墙，有时还会用一根小树枝当毛刷。雄鸟会挑选黄色和蓝绿色的东西装饰小亭子，比如树叶和稻草等。它们甚至

有可能去盗取邻居家的饰品，或者出于妒忌干脆拆毁别家的小亭子。花亭鸟很善于模仿。有只大花亭鸟，住在一处建筑工地附近，人们听见过它显示自己模仿工地噪音的才能。也有一些花亭鸟，专门用贝壳、羽毛等蓝色或白色的东西装饰自己的“花亭”。

妈妈总能从“后备箱拍卖”集市上淘来各种好玩的物品。她喜欢别人扔掉的旧物，我们家多数家具和瓷器都是二手货。有一次她还找到了一个水晶的枝形吊灯。我家的椅子都是五六十年代的式样，虽然一点都不配套，放在一起效果却很好。她喜欢把家里装饰得颇具个性，我想这就像在摆弄一个娃娃的房屋，只不过更大些，也更贵些罢了。

布雷特说他正望眼欲穿地盼着去锡利群岛呢。他妈妈早就在圣·玛丽旅馆预订了两个房间，因为都是双人套间，所以安排我住下没有问题。我们将从彭赞斯坐直升机飞到锡利群岛。妈妈说她不去，可我猜她一定会为此感到遗憾。不过总归得有人留下来照顾猫咪们呀。整个上午，布雷特和我就待在阁楼上，看看书，观察观察海鸥，聊聊天。

他观察到有些苍蝇——不是果蝇、也不是吐丽蝇，而是一种体型中等，不发出噪音的苍蝇——这种苍蝇懂得如何准确地按一定角度转弯。它们在空中画着方形，盘旋着往上飞——的确如此！布雷特真聪明。我怎么就从来没有注意过？

吐丽蝇在被困时，总会从围困它的空间——比如说一间屋子——的一端笔直地冲向另一端。如果你能估算好时间，在它们将要折回时打开门或窗子，让它们飞出去，就省却了用苍蝇拍的麻烦啦。

苍蝇、蚊子以及猫身上的跳蚤是仅有的几种我试图杀死的生物。

“渡鸦布迪怎样了?”

“它长得可漂亮了。大多数时候自己觅食，偶尔飞来和我们亲昵一会儿。爸爸要工作，我也得上学，所以它最好学着独立些。妈妈最怕它那尖利的鸟喙。”

“最近有没有看到流星?”

“没，总是阴天呢。”

“我真的好喜欢你妈妈。”

“嗯，她很酷，作为一个母亲。你妈妈也是。”

“是吗?她有点儿老了，不过我也觉得她是个好妈妈。你觉得茜迈怎么样?”可恶，我本不想提起她的。

“噢，她很酷。”他脸红了。

呸呸呸。

他没有注意到我卧室中的装饰——所以他并没有被我吸引。我应该多找一些蓝色或白色的饰品来。或者，算了吧。

我不相信我的眼睛——当我在码头闲逛着选取拍摄素材时，我竟然看到了可恨的茜迈。她正吊着胡戈的膀子在游乐场转悠呢，那家伙把她搂得紧紧的。真是个小荡妇!

布雷特知道吗，他所谓的最要好的朋友正和他的女朋友在一起鬼混？他一定会很伤心的。那两个家伙拉拉扯扯的，正忙着向对方的脸上喷吐烟雾，根本没有注意到我。从今往后我就叫她“荡妇茜迈”。

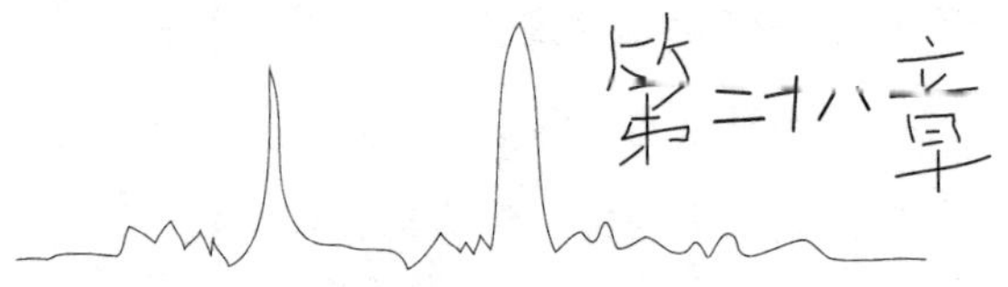

这几天是期中假，隔壁又住进了一户人家。隔着墙壁能听到他们彼此高声叫嚷，在楼梯上跑上跑下。后来我在院子里看到他们了。那家有两个女孩儿，黛西和格蕾丝，一个十四岁，一个十一岁。格蕾丝想看我的房间，她也喜欢猫。

黛西显得很郁闷，她本想去伦敦过这个圣诞节假期，参加各种聚会。她说她讨厌圣·艾夫斯，在这儿无处可去，无事可做。他们一家住在达利奇，只在度假时才来这里。

我忙着准备出发去锡利群岛，只匆匆和她们简单认识了一下，不过她们圣诞节时还会在这儿。

一层白雾像雪纺纱巾似的笼罩着海湾迟迟不肯散去。如果雾太大，直升机是不是就不能起飞了？妈妈把我送到机场。布雷特和他父母已经到了，阿利斯戴尔也在。我还认出了几个来自海立的鸟类爱好者，他们和我们同行。我的背包很轻，里面装着衣服、牙刷什么的，还有一副双筒望远镜。真是激动！

在一个类似小型候机室的单间里，我们观看了乘机安全知识的录像，录像里的人们一边平静地系好救生带，一边还朝孩子们傻笑着。就跟真的似的！既然如此为什么不在登机前就都系好呢，假如直升机真的要坠到海里时，我们都已经准备好了。坠机前那一刹那，我根本不可能从椅子底下把救生带拽出来，更想不起来该怎样把它系到身上了。

反正，就算能浮在海里，我也会在十分钟内死于体温过低的，所以还是不必费劲去找救生带、系上带子、拉开红襻再吹口哨等等。算了。如果死在旅途中，也还不错。旅途中死去比呆坐着等死强上百倍。这话听上去真像是我外公说的，不过我不记得他说过这话。也许是禅宗里的话吧。[1]

我们出示了登机牌，向直升机走去。我用力按着帽子，引擎吹出的热风扑面而来，还有高速旋转的螺旋桨都让我心里怕得要命。我竟会想象螺旋桨突然飞脱下来，削掉所有人的脑袋。布雷特和他爸爸坐在前排，他妈妈和我并排坐在后座。

我在窗口向妈妈挥手作别。再见，我可爱的妈妈，你的身影看上去如此弱小，如此让人心伤。

1 禅宗里有“必求静于诸动，故虽动而常静”。

机舱里噪声很大，我们几乎听不到自己的声音。下面是小城彭赞斯，海岸边有蔚蓝的游泳池，还有微小的穆兹尔港。我们掠过丝缕的云朵，直入五百英尺的蓝天。礁石上的灯塔孤独地屹立在苍茫的海面。群岛初入眼帘，它们地势低平，铺着锈色的欧洲蕨，还有白色的沙滩和环绕小岛的黑色岩石。青绿色的浅水下，卵石和细沙清晰可见。有小块的田地和温室，农场建筑和花岗岩的房舍。田地中间流淌着长长的银线。屋顶的白鸽子看上去就像是洒落在屋顶的面包屑。灯塔，牛群，无人的海滩，绝妙的荒岛，我们平稳着陆。

去旅馆撂下了行李，我们来到一家餐馆，一边吃蟹肉三明治，一边欣赏码头的景色。当地人告诉我们，今年群岛上还没出现珍稀的鸟儿；那些在跨越大西洋的长途迁徙中掉队的鸟儿，还要过些日子才能来到。

我才不在乎能不能看到鸟儿呢：在一座美丽的热带荒岛上，和布雷特在一起！我宛如置身天堂。

我们坐上一条名叫“海马”的红色小船。船夫是个二十岁左右的青年，颧骨高高，蜷曲的金发束成马尾，垂在晒成棕黄色的颈背上。

他的黄狗毛发光滑闪亮，生着善良的长脸和柔和的眼睛。它一直在码头附近晃悠，直到船开航时才跳上来，在甲板上乱跑，每当主人看它时都温情地与他对视。我们看到了很多普通鸬鹚和有冠鸬鹚[1]，它们立在岩石上，晾晒着湿淋淋的翅膀；一对白嘴燕鸥，展开剪刀状的尾巴，掠过我们的头顶，轻声尖叫着——啾，啾，啾。

抵达圣·艾格尼丝港的船台后，那位英俊的船夫跳下船，在岸边系紧了船索。我们上了岸，步行去土耳其角餐厅。距离很近，路上我只停下来休息了一两次。每次我停步，布雷特都会驻足等我，他的父母继续前行。到达餐厅时，那里的人们早准备好了大杯的热巧克力，我们坐在野餐的长椅上，沐浴着阳光，眺望那一片岩石遍布的海滩。四周一片安静。没有车辆过往。

我们都吃了馅饼，我把从海边渔屋的老人那儿听到的馅饼配方告诉了布雷特的妈妈，她说听上去有点儿像羊肉馅饼，那是一种颇受欢迎的澳大利亚食品。阿利斯戴尔和其他观鸟人一起，去了小岛的另一端。

正准备离开时，布雷特突然发现一只小银鸥正在浅水里奋力挣扎。看上去它是被孩子们的蟹曳钩套住了。橘色的尼龙线缠住了它的脖子，方形的卷放线轴在水面上不住地晃动，它真的遇到麻烦啦。

“我去帮它。”我说道，可是海莉不准我下水。

“你可不能下水，格西，冷死了。”她说，“你要是着凉了，你妈妈绝不会原谅我的。”

1 有冠鸬鹚，产于欧洲和北非，全身羽毛呈浓绿色；普通鸬鹚，会潜水，羽毛色黑有光泽。

布雷特和他爸爸下了船台，甩掉人字拖鞋，趟水走近了鸟儿。它挣扎着想飞走，却动弹不得。布雷特脱下T恤衫盖在银鸥的头上，一来让它安静下来，二来防止被它锐利的喙啄到。可它仍然试图逃跑，最后布雷特全身都浸到了水里。两人最终用一把折叠刀砍断了蟹曳钩，解开绕在它脖子上的一圈圈丝线，把银鸥放了出来。它拍着翅膀飞起来，水花飞溅到早已湿透了的两位解救者身上。我和海莉，还有其他几位游客都大声地鼓掌欢呼起来。我的英雄！我全身湿透的英雄。幸好他穿的是那种可以速干的冲浪短裤。

我们沿着一条小径前行，绕过砂嘴，穿过铁栏，到达“鸪岛”。岛上有两座造型奇特、丹麦风格的小房子，屋顶呈波浪型。还有一条失事的渔船，船身高大，锈迹斑斑，十分枯槁。

长长的卡其黄色海草缠绕在粉红色的巨卵石上，像胡乱封装的包裹。沿着潮水线，我一路拾捡黄色的玉黍螺壳，还有同类的灰色贝壳。我发现了一个丢弃的鱼饵：它瞪着蓝眼睛，尾巴毛茸茸的，鱼钩已经吞到肚子里去了，看上去十分逼真。幸亏刚才没有踩到它。没走几步我又看见一卷艳蓝色的细绳——花亭鸟最喜欢这个了。沙滩上遍布着贝帽的空壳。天地间十分寂静，惟有起起伏伏的撞击沙滩的声响。几只蛎鹬[1]和一只优雅的灰鹭[2]在岩石区的潮水潭安静地捕食。

我们把各自捡到的宝物凑在一起——一块形似船壳的漂

1 蛎鹬，海滩涉禽，橘色的喙很硬。食物以贝类为主。

2 灰鹭，一种长腿涉水鸟，有S形长颈。

流木，一只蓝色的塑料袋，一条橘色的细绳，还有一块久经海浪拍打的方形木头。布雷特和他爸爸做了一条小帆船，用那只蓝眼睛的假鱼饵做船首雕塑。他们甚至还做了船身龙骨[1]，把装满海水的蓝色塑料袋用来给船载重。真是一流的手艺！

我们在岩石区的潮水潭试着放小帆船下水，确定小船不会沉；随后布雷特和我把它完全拖到了海里，小帆船出航啦。

“我把这条帆船命名为‘英勇的奥古斯都[2]’，愿上帝保佑她，以及所有乘她出海的人们。”布雷特说着，把这条脆弱的小船推进和缓的波浪里。我们出神地凝望着小船，随着微波的起伏，她在轻轻地摇曳。

我们走过一个内陆水塘时，看见一只白鹭，它站在青草覆盖的小岛上，脖子和肩膀都缩了起来，就像我们的那只小银鸥。我很好奇：鸟儿也会郁闷吗？

我们脚踩着修剪过的草地，其实根本不是草，而是洋甘菊[3]，闻上去像草药茶，只是味道更清新些。白沙海滩上遍布着粉红色的巨卵石，还有发黑的海藻梗，它们从海的深处被

1 船身龙骨，指船底用来支撑造型、固定结构的纵向木头或钢筋。

2 奥古斯都（公元前63~14），古罗马帝国的开国皇帝，统治罗马长达四十三年，古罗马最伟大的皇帝之一。

3 洋甘菊，状如雏菊，花心黄色，花瓣白色，有略为毛茸茸的叶片。

潮水拖到了岸上。海滩尽头的滨草像浪花似的，蜷曲着蔓过了低矮的石头篱笆。没有时间把整个小岛细细看一遍，况且我已经筋疲力尽了。每走二十多米，就得坐下来休息。布雷特也停下来，我们就用双筒望远镜观察远处的蛎鹬和海鸟。有杓鹬、矶鹬和滨鹬，镜头里它们小小的双腿在飞速地摆动，看上去像上了发条的玩具。海岸线上，翻石鹬在忙着捕捉沙蚤。没有海雀。从春末一直延续到七月间，它们在圣·艾格尼丝港旁边的小岛上挖洞产卵。关于这一点，我是从借来的一本专门介绍锡利群岛海鸟的书上看来的。

布雷特的爸妈手挽着手，并肩前行。真希望我的爸妈也可以像他们这样。

布雷特和我仰面躺下，用帆布背包挡住微凉的海风，阳光照在身上，暖暖的。

我可以永远像这样躺着。我可以现在就死去，我真的无比开心。

当我们坐最后一班航船返回圣·玛丽时，紫红色的夕照已经暗淡，星星一颗颗跃上夜幕。布雷特依次指给我看，告诉我每颗星星的名字，可我转眼就忘光了。船在码头靠岸时，布雷特先走上花岗岩的台阶，随后伸出手来帮我上岸。我拉住他的手，朝他微笑着。在微明的灯光中，我看到了他嘴角漾开的笑意，我于是不再像一艘风暴中失事的船只，我飞了起来，翱翔在蔚蓝温暖的天际。

海莉和我同住一间屋子，布雷特和他爸爸住另一间。她对我真是体贴入微。让我先洗了热水澡，又把暖水袋装满热水，放到被子里。我喜欢特别热的暖水袋。她在读《米德尔马奇》[1]，我告诉她我也读过这本书，她感到十分惊讶。

她问我是不是学校要求读的，我回答说不是。她说："你小小年纪，读过的书可真多啊。"

"我缺掉了好多课，所以就读了很多书。"

"你真是无师自通。"

"是什么？"

"自学，意思是可以自学的人。"

我的脸红了——嗯，或许应该说"紫"了更确切些，因为红的血色和发蓝的肤色混在了一起。我从来没想过人们可以自学。我还以为必须得有个老师教呢。

今天是周日，我们要坐另一艘船去特雷思科。这一天海浪汹涌，不过航程很短，比去圣·艾格尼丝还要短。船夫名叫弗雷泽，他一辈子都生活在锡利群岛上。据说上岸后一转弯就有一家名为"新客栈"的小酒吧，我们全船的游客几乎都在朝这家酒吧走。路经一些花岗岩建造的农舍，农舍门前的小花园种满了芦荟树和龙舌兰等奇异的植物，门口还挂着手绘的招牌"新鲜虾蟹有卖"。石头围墙的岩缝里钻出大棵的莲花掌，底部长出了奇特的无叶孤挺花，花茎粉色，花朵则是

1 英国十九世纪女作家艾略特的主要作品之一。

更明艳的粉色。

一只毛色光滑的黑猫沿着夹道一路小跑着在前面领路，等到了酒吧的小花园里，它就蹿上了一棵棕榈树，从树上俯视着我们。

我的对虾馅毛毛虫面包刚出炉，真是好吃极了！一只歌鸫[1]飞落到桌子上，我用面包屑喂它，立刻就飞来了一大群麻雀，叽叽喳喳叫着也要我喂。

我们仔细地参观了特雷思科的教堂公园。只见装满了蜂蜜的熊蜂从巨大的蓝蓟里爬出来，醉得东倒西歪；蓝蓟就像一座蓝色塔楼城，白蝴蝶和蜜蜂都飞来采蜜。帝王花粉色的花朵上落着孔雀蛱蝶，贪婪地吮吸着花蜜，在一阵阵甜蜜的激动里忽闪着美丽的翅膀。这里真像伊甸园啊。海莉很喜欢花草，她连这些花儿的拉丁语名字都知道。

竟然还有一处名叫“瓦哈拉”的地方专门展出旧船船首的雕饰，布雷特的爸爸拍了好多照片。我没把相机带来，因为背着它走来走去实在是太重了。

我还在商店买了明信片，好让自己时时想起这些小岛。可是其实我根本不会忘记这儿的。

真遗憾妈妈没能一起来，她会很喜欢这儿的。

布雷特和我漫步走过直升机的停机坪（周日没有直升机降落），突然看见三只黑雁，正弯下它们强壮的脖颈，埋头向

[1] 俗名花穿草鸡。

青草深处搜寻。原来我们不知不觉走到了一处堆满银白色圆木的草地，草地上长满了高脚小伞菌菇。这小伞菌菇恰如其名，新长出的小蘑菇像敛起的阳伞，长大的则是撑开的太阳伞。我想会有小仙女来坐在伞菇上的（我没有跟布雷特提起小仙女，他会觉得这想法太女孩子气了）。据说小伞菌菇十分美味，可我们没有摘，因为坐船返回圣·玛丽前，还得在“新客栈”吃顿饭呢。

这片草地上长满了成簇的石南花和苔藓，散发出青草和忍冬的清香。

我们躲过风口，背抵着一根白色的圆木坐下，圆木剥落的树皮蜷曲起来，就像蜕下风干的蛇皮。蜜蜂嗡嗡地叫着，蝴蝶在我们周围飞舞，呼扇着斑斓的翅膀。突然传来一阵鸣叫和振翼声，三只天鹅从我们的头顶低低地飞过，朝着花园旁的湖面飞去了。

“知道吗，女王拥有全英格兰所有的天鹅。”

“不是吧，真的?”

我能告诉布雷特一些他没有听过的鸟类知识，这感觉真不错。

我跟布雷特讲了我的荒岛幻想，他也赞同这小岛简直太完美了。他也读过《瑞士鲁宾逊一家》[1]，我们都觉得这本书里的故事太可笑了。这家子人在海上遇险，船只失事，却发

[1] 一部西方冒险小说，原著为瑞士人维斯撰写。

现船上恰好装着建立一个新定居点所需的所有物品。他们应有尽有，毫不费力地建起新居。此外，那位父亲又自负又狂妄，似乎什么都能造，甚至还会建一座桥。假如我是他的妻子或女儿，非得想亲手把他掐死不可。

布雷特去过大堡礁[1]群岛，其中包括赫伦岛，那岛上气候又湿又热，闻起来都是鸟粪的臭味儿，因为有成千上万的乌燕鸥在灌木丛和树上筑巢。你可以看进鸟巢的里面，观察幼鸟。还得小心细嘴海鸥，这种鸟儿真是不擅长着陆，在黑暗中总会撞到人身上。它们在沙地的洞穴里筑巢。

“呀，听上去真棒!”我说道。可他说那儿还有些致命的动物，比如鲨鱼和水母。他更喜欢这儿。

我对他讲述小时候在肯尼亚度过的那些冬日：屋顶上的黑色长尾猴，巨大的蝴蝶，还有潜水用的水下呼吸管。不知怎么又讲到了我寻根的历险，寻找我的康沃尔家族。他说他不理解为什么我妈妈会反对。听说我的曾祖父是一位著名的摄影师，他可着实惊讶了一把。

我还讲了海边渔屋里的人对我祖父史蒂文森的评价。

“我该告诉妈妈吗?”

“怕什么，格西？她又不会打你。”

“这倒是，可……她真的不想知道。我觉得有点儿……怎么说呢……对她不忠诚。”

---

1 指澳大利亚的大堡礁。

“怎么会！要么我让我妈跟她说说。”

“不！谢谢你，我想自己解决。”

“确定?”

“嗯，我会自己对她说的。”

“别担心，没事儿的。”他说着，笑容又荡漾开来。笑容荡漾，可以这样说吗？我不知道。

我在脑海中把祖父史蒂文森变幻成了一位戴黑眼罩的海盗——和“诈骗”比起来，“阴谋诡计”听上去更让人激动，会联想到海上冒险。而“诈骗”不过是“偷盗和撒谎”的比较文雅的说法而已。

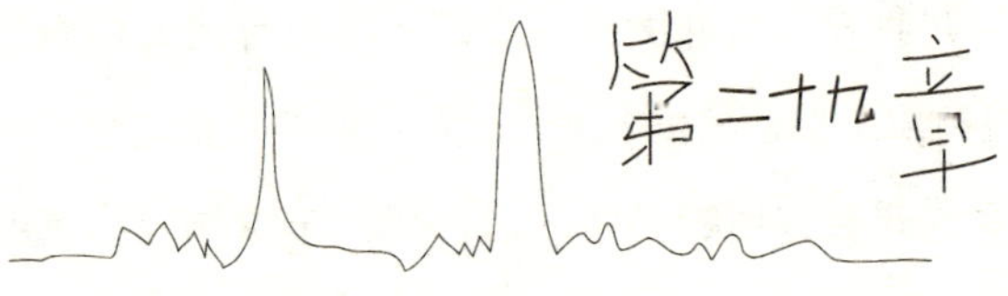

第二十九章

彭赞斯小城上空的雾太大了，飞机不得不延迟起飞。在圣·玛丽机场等待的这几个小时中，我们在饭馆叫了肉卷和热饮料。

邻座坐了一家人，有三个孩子。孩子们都穿着校服，连最小的那个四岁左右的男孩也是——他穿着灰袜，白衬衫，打着红白相间的条纹领带，看上去真可爱。他手里拿着一个灰色玩具猴，小猴毛茸茸的，还穿着格子睡衣。我问他带不带小猴去上学，他点点头。他妈妈说："是的，它也去，去年我们收到了小猴的出勤报告，出勤很好呢！"

一群兴奋的锡利群岛学生朝普利茅斯跑去，去看音乐剧《约瑟夫与梦幻彩衣》的专场演出。

我买了两袋水仙球茎和西洋樱球茎，打算作为礼物送给海莉和妈妈以示感谢。

一路上飞机下面都是厚厚的云，没什么景致可看。可这次我坐在布雷特的身旁，我才不在乎窗外有什么景色呢！

妈妈在彭赞斯的直升机场接我，我恋恋不舍地同布雷特一家道别。海莉抱了抱、又亲了亲我。布雷特的爸爸也是。布雷特伸出手来把我的板球帽拂到一边，我们击掌作别。真浪漫，我有点儿想哭。

喔对了，阿利斯戴尔也和我们一道乘直升机回来了，他又戴了一条新的花领带，极其热情地同妈妈打招呼。妈妈看上去很开心，只是她的裙子短得有点儿过分，另外脸上的妆也太浓了。我这样认为。

妈妈和我在连绵的雨中驾车回家，穿越格沃尔的乡村小路，向前行驶着。突然发现在一个锐角转弯处的路中央站立着一只雄孔雀，沉重的尾巴拖在湿漉漉的沥青碎石路上。这可不是一只野雉，而是一只货真价实的孔雀。估计是附近某个花园里喂养的。

“你记不记得，小的时候，你把孔雀叫做‘罂粟鸡’？[1]”

“‘罂粟鸡’?！我是怎么造出这个词儿的?”

“这得问你自己了。你一直都是个很奇怪的孩子。”

一想到自己把孔雀称做“罂粟鸡”（废物），我就忍不住笑个不停。

---

[1] 两个词的英文拼写有些相似：Peacock和Poppycock。

“这些天我很想你。”她说道。

“你在家里怎么打发时间的？”我问道。

“相不相信，我报名参加了一个真人模特的美术班，我又开始画画了。”

在我出生以前，妈妈曾在伦敦一家很大的设计公司做设计师。后来，因为要照顾我，她便无暇顾及工作，只能偶尔做些自由职业的事了。

“阿诺德把家里装修好了。”

我们驶过狭窄的小路，树叶从低矮的树梢飞落，颇有些秋天的意味了。路旁有个学校，孩子们在操场蹦蹦跳跳做着游戏。

“妈妈，我什么时候才能回学校上学？”

“喔，格西，我觉得回去上学不是太明智。要知道你才大病初愈，要是回去和人群混在一起，接触到感冒之类的传染病毒，一定会胸腔感染的。你也知道后果有多严重。”

“可是妈妈，我已经落下那么多课了。”

“亲爱的我知道，我也一直在想办法。”

一阵沉默。

“你觉得请家庭教师怎么样？”

“家庭教师？”听上去真老派，像十九世纪的做法。

“可能吧。”

妈妈说她昨晚睡得不好，却颇有妙趣。凌晨三点，一只猫的叫声把她吵醒了。家里的猫儿都假装在熟睡，一动不动。

她翻身起来，刚好看见一条姜黄色的猫尾巴消失在小猫门里。

她一把攥住猫尾巴，猫儿一阵嚎叫，跳起来朝等在门外的一只长毛灰褐两色的花斑猫跑去。混乱之中，妈妈迅速拎起一壶冷水，朝着两只逃跑的家伙泼了过去。之后她便索性没睡。

查莉见了我很开心，乖巧得像一只小狗，任我抱着她转圈。我不停地夸她真漂亮。（猫儿喜欢“漂亮”这个词，它的发音对猫儿似乎有催眠效果。）兰博躲在沙发后舞动着他的尾巴，弗罗跑出去捕食了。

我找出装在一件衣服的口袋里的小小的黄色和灰红色的滨螺壳。我把寻到的珍宝都带回家了，这都是来自那天堂般群岛的纪念品。我要学花亭鸟，用它们来装饰我的卧室，吸引未来的爱人。或许我还需要跟鸟儿学会唱歌。

我把礼物送给了妈妈——一些西洋樱球茎，还有在乐购超市买的一大块巧克力，上面的标签写着“感谢你帮忙照顾我的猫”。贝壳则放在了一个装满水的玻璃瓶中，清水盈盈，贝壳的颜色显得更加鲜艳生动。

屋顶的小银鸥看上去仍然气鼓鼓的，它的妈妈也是。它就像一个整天窝在沙发里看电视、不肯出去锻炼的懒惰少年，还整天闷闷不乐。它的爸爸眼部有黑圈圈，头上长着棕灰色的斑点。我认为所有的成年银鸥冬天都会稍微脱换羽毛。海鸥爸爸把嘴巴扭向一边，看上去好像发怒了一样。

事实上，它们好像都很爱生气。

我跟妈妈描述了在美丽小岛上的经历：海莉对我照顾得无微不至，和她同住一间屋子也没有给她添太多麻烦，救援落难小银鸥的详细经过，还有来回的渡船和特雷思科的教堂花园。

“唉，早知道有这么美的花园，我当初也该跟你们一块儿去啊。”

“你会很喜欢那儿的，妈妈。”

整个晚上我都在回想这个快乐的周末。如此真切地感觉到自己活着。对我来说，活着就好像快速阅读。我得趁着还有时间去多经历一些，再多经历一些。

今天晚上我想起了托马斯·厄内斯特·休姆[1]的诗《堤岸》，那个潦倒绅士在一个寒冷刺骨夜晚的幻想曲：

曾经是舞池中脚跟闪闪，
如今是寒夜里又饥又寒，
这才明白：
诗意啊，其本质是温暖！
天空如毯，
可否变小了扯来御寒？

曾经，在小提琴的精妙里我找到狂喜，

[1] 托马斯·厄内斯特·休姆（1883~1917），英国诗人、文学理论家和哲学家。英美现代主义诗歌形成期的关键人物。

伴随着坚硬地板上金色脚跟的闪闪。

现在我发现，

温暖才是诗意的本质。

啊，上帝，把它变小吧，天空这吞噬星星的巨毯，

让我能够裹在身上，在温暖中安眠。[1]

我完全明白诗人要表达的含义。寒冷是最难以忍受的了。如果我稍微受点儿凉，手脚都会变得青紫、麻木，即使是在夏天也得用暖水袋焐着。“一战时他服役于英国皇家海军陆战队，后来不幸牺牲。他曾被剑桥大学圣约翰学院开除，很可能是由于打架斗殴（据说他随身戴着指节铜环）”。[2]戴指节铜环的诗人——天哪！

1 王道余译。

2 套在指节上斗殴用的金属环或金属箍。

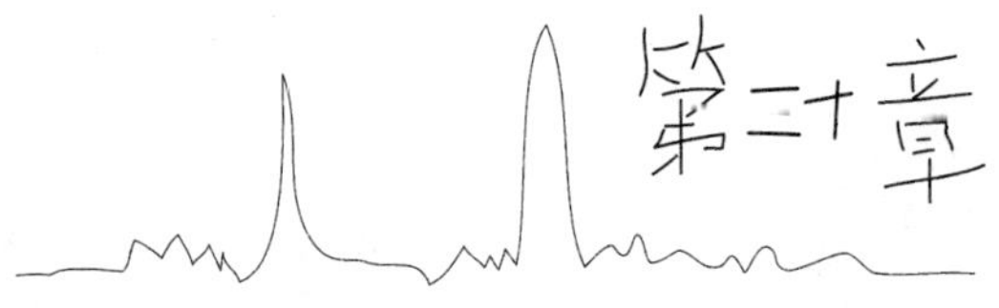

注：今天的生词是“开膛破肚”。挖出脏腑或肠子等腹内器官；取出内脏；词源来自‘脏腑’，指内脏。

我觉得这词很简单，可以马上用来造句：正是我想对SS——“荡妇茜迈”做的事情，把她“开膛破肚”，最好是从肚脐眼里把她的肠子拽出来。

阿诺德在卫生间安装了一个坐浴盆。妈妈很讲究卫生，坚持认为坐浴盆是件必需品。她说，多数英国人都带着没有洗干净的屁股走来走去，一想起来就觉得恶心。此外，如果不洗净屁股就坐进浴缸里，其实就等于坐在了充满自己的污秽物的水里。恶心！换成淋浴，私处和脚底又很难够得着，怎么能洗干净呢？当然对于男孩子们来说，情况就不同了，可他们还是很难洗干净脚底下。

我想跟妈妈单独谈话，可她正在跟阿诺德喝茶聊天。只好等他走了我再说。

“妈妈他走了吗？”

“是啊，怎么了？”

“喔，没什么，晚饭吃什么？”

我不知道该怎样当面告诉她我对家族研究的进展，或许可以等到下次开车的时候再说。看不到她脸上的表情，会让我更容易说出来。我都能想象得到她震惊的脸，嘴巴张得大大的，眼睛睁得圆圆的，难以置信的表情，充满质疑的眼神。算了，我还是等到合适的时机再告诉她吧。

“意大利面，放点儿鳀鱼和橄榄油。还有土豆。家里还有好些土豆呢。”

“好嘞！”我一屁股坐在沙发上，继续看我的书。

“愿意帮忙的话，你把干奶酪磨碎吧。”

“你说‘愿意帮忙’，是不是不愿意就不用做啦？”

“快去磨奶酪，你这个伶牙俐齿的小坏蛋。”

又过了一会儿，在我们做意大利面之前，阿诺德来了，带了两条没有开膛的鲭鱼。

“二十分钟前刚捞上来的，”他说，“还没去除内脏，行吗？”

“谢谢你阿诺德，太好了！放心，我会做好这鱼的。”妈妈听上去很是自信。

他刚刚走我就跑去看鱼。一条绝对是死了，另一条嘛——我看到鱼尾还在抖动，似乎有生命的迹象：鱼鳞泛出光彩，血管脉搏还在微弱地跳动。大啊，还来得及把它放回到海里去吗？打捞上来已经将近二十分钟了，它居然还能活着？真是值得敬畏！

“妈妈，妈妈！快过来看！”

妈妈拿过一把切肉刀，咔哧一下把鱼儿的头剁了下来，可怜的鱼就这样一命呜呼了，我也就这么眼睁睁地看着。这种冷酷肯定是遗传的，当年，每到要把家养的鸡送到天堂的养鸡场时，妈妈的妈妈也是这样毫不留情。

第三十一章

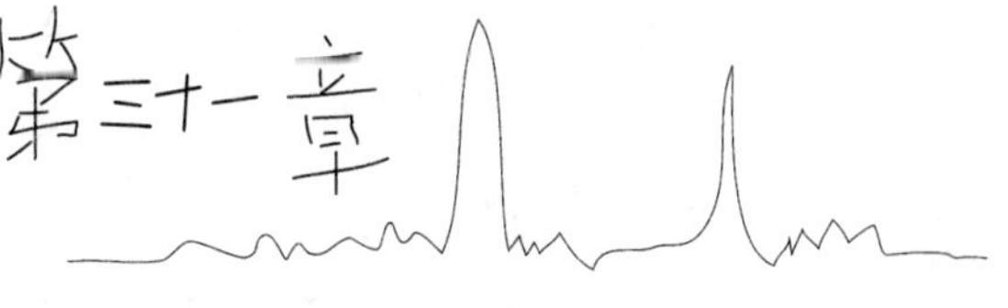

注：今天要练习的词是毛蕊花。一种茎直立、高1～1.7米、花冠黄色的草本植物。玄参科毛蕊花属。俗名又叫“女巫的蜡烛”、“亚当的法兰绒”、“亚伦之杖”和“牧羊人之棍”等。

我记得曾在游隼村的花园里看见过毛蕊花，在家门前的小径旁也看见过。现在它们正值花期。我把这些告诉了妈妈，向她炫耀一下我广博的植物学知识。

外面正在下雨，很冷。妈妈正在栽种我带来的那些水仙花和西洋樱球茎。我真希望它们能养活。我们的院子能遮风挡雨，太阳好时又满院阳光。蓝色的绣球花颜色已经变淡了，成了柔和的粉红和淡紫色，它让我想起了外祖母的花围裙。

我又在列清单——我喜欢列清单。今天的单子是按字母顺序排列的谚语。可难了呢。

A——心中至爱（布雷特）；

B——他的美丽心灵（我觉得这应该是一个“暗喻”，因为事实上“心灵”是无法看见的，对不对）；

C——疑云重重（妈妈图书馆的书；还有我的家族调查）；

D——卑鄙伎俩——你知道这个指的是谁；

E——日渐憔悴；

F——两面三刀（猜猜是谁）；

G——道貌岸然；

H——咬定青山（指坚持不放松）；

I——性情乖戾/喜怒无常——最近的我；

J——万能博士——阿诺德；

K——一塌糊涂（图书馆里的书）；

L——一线希望/希望之光（我的心肺移植手术）；

M——罪魁祸首；

N——无计可施；

O——落单之人——我；

P——一阵恐慌；

Q——投机取巧；

R——光彩照人（我外祖母曾经这样形容我）；

S——固若金汤；

T——催泪之作——就像《完美人生》[1]；

U——上流阶层；

V——精神抖擞；

W——隔墙有耳；

X——不测风云；

Y——童心未泯——妈妈；

Z——调整归零。

我真的很喜欢下雨天。可以作为闲逛和读书的好借口。刚刚读过RD莱恩[2]的《与孩子们交谈》，这本书里记载的全是他和孩子们的对话：

朱塔（他的妻子）和我最近关系有些紧张。娜塔莎迷上了胶水和透明胶带，总是喜欢把纸张等剪碎然后再把碎纸拼粘起来。

就在刚才，她从我房间的一面墙跑过来，冲向对面的墙，砰的一声撞在墙上。

罗妮：你在干吗？

娜塔莎：心。

1 比利时女歌手罗拉·菲比安的第二张英文专辑，歌曲情感浓郁，感人至深。

2 RD莱恩（1927~ ）英国现代心理学家。

罗妮：心？

娜塔莎：是的。（她仍然在两面墙之间撞来撞去）

罗妮：心怎么了？

娜塔莎：心会爱。（她终于停了下来）

罗妮：心会爱？

娜塔莎：是的。

罗妮：爱什么？爱谁？

娜塔莎：一颗心可以爱很多人。

罗妮：一颗心可以爱很多人？

娜塔莎：一颗心可以爱很多很多人。

第三十二章

我想我可能做了件非常蠢的事情。

我没有告诉妈妈我给爸爸打了电话，告诉他曾祖父是一位著名的摄影师。爸爸说他对此毫不知情，因为很小就和康沃尔家族毫无联系了。他显然知道他的父亲进过监狱，毕竟他的母亲因此才带他离开了家乡，并最终和他父亲离了婚。可他不太了解曾祖父的事情。想想看，家族的害群之马是爸爸的父亲，又不是爸爸。我是趁妈妈出去购物时打电话给爸爸的。他听到我的声音好像很开心。我真的很爱他。

他要是也在我身边该多好啊。

有时候人的愿望确是可以实现的。

我还希望可以去上大学。我想上综合性大学，就是布雷特想去的那种大学。我知道这念头很傻，依照我现在的身体状况，高中都不一定能顺利读完。

如果我可以实现任意的三个愿望，我希望：

1.妈妈和爸爸幸福地生活在一起；

2.我的心脏变得健康；

3.外公外婆都还健在。

如果万一真有小仙女来问我要许什么心愿，这些不可能的愿望大概都用不上，我还是提几个更有可能实现的请求吧：

1.找到几个还活在世上的亲人；

2.去上学；

3.心肺移植手术成功。

夜里睡得很糟。心脏像蒸汽机带动的火车一样突突狂跳，我惊醒了。眼睛酸酸的，也不能看书太久。为什么所有的问题都会在黑暗中变得更加恶劣呢？在我们不能盯着那些问题时，各种焦虑喷涌而出，冲破堤坝，淹没了整个梦境；要么就是把你突然惊醒，好让你在令人窒息的无边黑暗中忧愁不已。我睡着时又做了噩梦：洪水一直涨到了巴侬山顶，吞没了整个小城。我们活了下来，可其他的人都死了。

妈妈在她的卧室里，描画着窗外的景色。她专心致志地画着，我很久没见过她这样开心了。我希望我也会画。可我从来都不擅长绘画。妈妈现在每周去学校上两节绘画课。

“妈妈……”

“格西，我正忙着呢。”

“我现在能跟你谈谈吗？事情很重要。”

“感觉身体不舒服吗？”

“不是，我很好，不是说这个。”

“那就过一会儿，好吗？”

我只好回去继续看书。

过一会儿就太晚了。我丧失了勇气，再也不想说了。

我想当个作家。我认定这是惟一一件不需要正规教育，我能试着做的事情。我的废纸篓里盛满了我废弃的文字。皱巴巴的纸上躺着我的文字涂鸦，像被碾死的蚂蚁。要是照这速度，我的作家之路估计不会走得太远。

第三十三章

我们今天看了圣·艾夫斯市的泰特街上所有的艺术品。我们在街边餐馆顶层用餐，我吃了一个蟹肉三明治，妈妈点了杯酒。现在我们正在参观唐浪街周围的艺术工作室。这一间工作室年久失修，雨泽下注，却也颇具个性。屋里烧着一个大腹取暖炉，又黑又长的烟囱一直向上穿出屋顶。墙上开了个巨大的窗，刚刚下过雨，窗外的海滩上布满了亮晶晶的小水坑。一个男人正在海滩上训练他的杰克罗素梗[1]，只见他朝着狗扔出一截木棍。（是不是所有的杰克罗素梗都患有关爱缺乏型多动综合症啊？）

说不定我的外祖母也有关爱缺乏型多动

[1] 英国南部的白色梗类犬，具备下列特征：身手敏捷、警惕和自信。可以将狐狸从巢穴中驱赶出来并追踪欧洲红狐狸。这种犬是由约翰·罗素牧师培养出来的，并由此得名。

综合症呢。她一天到晚唠唠叨叨，忙忙碌碌，风风火火。她做各种事情都很拿手，很显然这也是症状的一部分，心理学上说这是“心理代偿”[1]。

这里有很多稀奇古怪的、用生锈的金属和木头制成的雕塑悬挂在木墙上；还有一幅特大的抽象画，满幅画都用棕色、灰色和黑色涂在一起，立在巨大的画架上。松脂、油画颜料和灰尘、新旧木材以及帆布的气味混在一处，很是好闻。

有几个人正在和这里的艺术家交谈——其中有个矮胖的女人身着蓝色的渔民工作服，脚蹬马汀靴[2]。我真的好想有几双马汀靴啊。

光线投在溅满颜料的木地板上，现出好看的图案，我对着这些图案拍了几张照片。还有黑色的取暖炉，墙上排成一行的、绘有图案的旧木箱，我都拍下来啦。

我们参观的第二个工作室很小，整洁干净。屋里全是几何图案的画作，主题都是层层相套的棕色和黑色的方形，所以我们在那里没待多久就离开了，我也没拍照片。接下来参观的工作室就是妈妈学习绘画的地方，它在楼上。爬楼梯时我忽然觉得呼吸困难，虽然身后有很多着急上楼的人，我也

1 当自己追求的某种东西或某种欲望不能实现时以另一种活动代替之，以满足内心追求的欲望，这种心理状态叫做“代偿”。

2 英国老牌制靴品牌。一九四五年德国医生Klaus Martens因滑雪受伤，为利于康复自制了一种在轮胎的橡胶材质中灌入空气的鞋底。之后在一九六〇年与英国制鞋公司合作，推出了第一款马汀大夫鞋。

只得蹲在楼梯上喘息。我挡住了路。真讨厌。

糟糕、糟糕、糟糕。

妈妈告诉他们："对不起大家，我女儿身体不舒服，请大家稍等一会儿。"

我的心脏狂跳不止，头晕目眩，一阵恶心。等我呼吸稍微正常些时，有人帮我搬来了椅子，妈妈打电话叫出租车接我们回家。有人建议叫救护车，妈妈谢绝了，说我女儿一会儿就会好。

我勉强环视着周围。这座工作室古老又美观，是一座木制的建筑，窗子向北。椅子、木制画架堆在墙角里，古旧和新近的画作都挂在墙上。有人拿给我水喝。

家。我讨厌生病的时候不在家里。记得有次在泰国的时候我的病情突发，那儿找不到合适的医生。当天我们就搬到位于海滩上的一座房子里去了。妈妈开的车，我躺在车后座上，脸色青紫。一到地方她就让我躺在头顶有吊扇的床上，给我吃了阿司匹林，用湿毛巾捂住脉搏试图让脉搏平缓下来，祈求着我能够平安度过危险。

我确实好起来了。

可是后来当我们去伦敦拜访我的儿科心脏病医生时，妈妈告诉了他我病情突发的过程。医生的结论是我再也不能去热带国家了。太热或太冷都会让我的心脏因过度疲劳而受到损伤。

冬天的时候爸爸很少和我们在一起。他必须待在自己家里工作。只有一次他来非洲和我们一起旅行，结果爸妈两人大吵一场不欢而散。

现在我蜷缩在沙发里，再也不想爬楼梯了。妈妈紧紧地皱着眉头，看似对我突然发病十分恼怒，可我知道其实她是十分担心。她害怕我会突然死去。可是她好像并没有意识到其实我还可能会因为其他原因突然死去，不是因为日渐衰竭的心脏和肺动脉闭锁。很有可能我会被汽车撞死——或许不在圣·艾夫斯小城，而是在彭赞斯或是特鲁洛；也有可能是手指被玫瑰花刺破，感染上破伤风而死掉。我觉得这是睡美人的经历。她不就是不小心刺破了手指，接着就昏迷不醒的吗？

阿利斯戴尔到了。他在给我听诊，动作很轻柔。我确实喜欢他，虽然他长得的确像只马。一只性情友善，而且对女士的吊带裙有特殊品位的马。

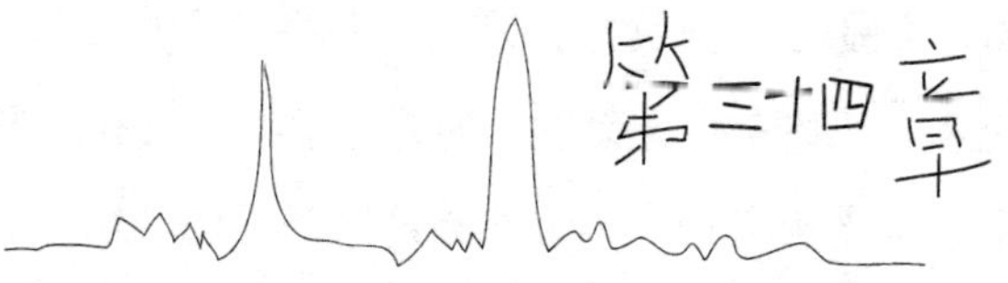

昨天的单词，可我忘了用它造句，所以把它算做今天的单词吧：遁词，一种推诿的方法，尤其用于交谈之中；一种托词。

图书馆又寄来了一封催还图书单，又刚好被我及时截下。我真的不善于在妈妈面前讲遁词。尤其今天妈妈还提议让海莉来家里教我功课，更加深了我的罪恶感。妈妈的建议太好了，真希望海莉能同意。我知道她在当地还没找到一个全天的教职。妈妈还问我想不想让布雷特的爸爸史蒂夫来教我数学和一些自然科学的科目。那可真是太棒啦。我甚至可能去他们家里补习功课。那样的话，就能多见见布雷特了。好久没有见到他了。

我们的小银鸥现在已经飞得很好了。它依然每天晚上飞回来，和父母一起在屋顶栖息。我猜它一定可以独立捕食了，因为它没有向父母索要食物。更确切说，它有时也想要，可它的妈妈很坚决地把头扭向海湾的方向，仿佛在说：食物就在那儿，你得自己去找。

它的体型和它妈妈一样，而羽毛的花型却像一只有深褐色斑纹的家猫。看上去它还是不怎么会讲话，只是叫着一个词：喂，喂。

这几天我没去观察池塘。雨下了一周还不停。

注：今天的单词是：水洼——浅浅的水坑；还有泼洒的水，泼洒的声音，玩水，泼水等意思。

今天我至少得用它造一个句子，不然就会忘了。

好消息！史蒂夫可以每周放学后给我上一节课；海莉一周来我家两次，帮我补习英语。补习英语对我来说简直就是休闲，我喜欢读书，海莉会给我开列一张书单。

妈妈真是太好了！

我在房间里仔细端详爸妈的结婚照。当年的妈妈真漂亮，比现在年轻好多。毕竟已经过去十三年了。她好像一下子就衰老了。爸爸比她小好几岁。外婆曾说他们是“姐弟恋”。

妈妈说如果一个人年轻时因为漂亮而被许多人倾慕，那么变老对她来说是一个很痛苦的过程。（那我不会有这个问题喽。）美貌就这样一天天失去，这种经验带给你的痛苦远远超过从来就不拥有那份美貌。她说仅仅一年之间，她就从一位摩登的嬉皮摇滚女郎变成了特蕾莎嬷嬷[1]的模样。

特蕾莎嬷嬷是个修女，不是吗？妈妈把自己比做特蕾莎，是不是说她并未与阿利斯戴尔同床共枕过？还是说她只是穿得像个修女？开始遮盖住胳膊，脖颈，胸口，腿，几乎全遮住了。还露出哪里呢？肩膀，手腕和脚。妈妈的脚长得很美——只是脚趾上汗毛有点儿多。

“妈妈，你和阿利斯戴尔一起睡觉吗？”

“格西！感情问题是我私人的事情。”

“是的，可是妈妈，有过吗？我认为我有权知道。毕竟，医生和病人过分亲密是违法的啊！”这是我从“女性时间”节目上看到的。

“可他是你的全科医生啊，又不是我的。”

喔。那么回答就是肯定的了。他们确实同床共枕过了。

我认为她绝对有权利再找一个男人。爸爸为了另外一个女人离开了她，尽管后来那个女人也离开了他。可是，知道妈妈和阿利斯戴尔交往后，我觉得爸妈的分道扬镳更加确定了。我明白自己并不相信爸妈真的会重新在一起，可一旦知道一点点可能性都没有了，我仍然无法面对这个现实。

以下是我找到的在康沃尔的家族资料：

我的父亲是杰克逊·史蒂文森，生于一九五五年；

---

1 特蕾莎嬷嬷（1910~1997），慈善工作者，于1979年获得诺贝尔和平奖。

他的父亲是哈特利·史蒂文森，生于一九〇〇年，殁于一九七五年。

哈特利有个妹妹，名叫菲。

祖母是茉莉·杰克逊，生于一九二〇年，殁于一九八〇年。

曾祖父是位摄影师，阿莫斯·哈特利·史蒂文森。

就这些。资料还不多，但是个好开始。

刚刚决定了要成为一个作家，我就遇到了当作家的障碍。在哪里写作呢？我的房间里没有书桌，而我绝不想去起居室里，在妈妈的注视下写作。万一我写些冒犯她的话，她会看到的。而且，我还得有一支质量上乘的笔，一个精美的笔记本。还有，我该写些什么呢？作家是怎样炼成的呢？现在我每天坚持写的只有日记。另外我真想有台电脑啊。

或许摄影要简单些。毕竟我有家族遗传的天分，它流淌在我的血液里。虽然在历次的大手术中我都会大量地失血，又不断地输血，但我希望还没有失尽遗传的血液。不管怎样，我依然能感觉到身体里有着康沃尔家族的根。我觉得只有找到了自己的根，家才能成为真正让人有归属感的家。

每周六我和妈妈都会外出吃饭。我们轮流选择去哪儿吃。这周我们在特金娜广场的一家餐馆里，坐在窗边，看人群匆匆过往。克莱尔和加百利同我们一起。妈妈吃的是英式大餐，她说吃了一周麸皮和杏子后该好好补补。我吃的是熏猪肉三明治，听上去像老澳腔。这我得问问布雷特。街边有很多商店，人们时常停下来交谈。我设想人们都彼此相识。为熟悉的人所环绕，一定会感觉心安。好像大家同属一个庞大的家族。

邻座的一家有个四岁左右的女孩。她穿着粉色的连衣裙，在吃一个巨大的冰激凌。她对爸爸说：“我要把你的头砍下来，用勺儿挖脑浆吃。”爸爸于是装出害怕的样子，逗得小女孩大笑不止。

岸边的小山脚下有几位老人，那里并没有座位，可他们经常聚在那里，在窄窄的小路上站成一排打发时光。他们在一起说说笑笑，和老朋友打招呼。我猜想他们也会聊聊身上哪里酸痛，心里有什么伤心事，或者谁刚刚去世了，还有本地的橄榄球队打得怎么样，等等。他们当中有一位我在渔民屋见过，不过他没有认出我来。

克莱尔邀请我们明天去他们家里午餐。这回我们可以认识他们全家人了，不过如果海上冲浪条件好的话，菲德拉和特洛伊还是会跑去冲浪。加百利自然还是在他的树上待着。他用木板和绳索修建了一座名副其实的宫殿。树叶都已经落光了，只剩下光秃秃的树干裸露着。夏天孵出的小鸡已经长成了小母鸡，猫崽也都长大送给别人家了。耷拉着毛茸茸耳朵的兔子应该没什么变化，只是大部分时间它们会更喜欢闷在铁网笼子里。鸭子们依然会跛着脚摇摇摆摆地走来走去，撕咬着地上的青草。

我给加百利准备了一件礼物：一把达斯·维达之剑。上次我们来时，他正拿着一个用纸卷成的“武器”扮演《星球大战》里的角色。妈妈本打算到我们离开时再把礼物交给他，可突然下起了大雨，加百利从外面跑回来，衣服都湿透了，看起来很沮丧，我就把礼物拿给他了。他打开包装，小脸儿一下子兴奋得涨红了。他真的很喜欢！可不知怎的克莱尔好像并不太高兴。菲德拉和特洛伊一直待在他们自己的房间里，听到加百利激动的尖叫都跑出来看。身高足有六英尺的特洛伊一把夺过这件闪烁着彩光、发出叮当声响的具有攻击性的玩具，把它放到高高的架子上去了，加百利气冲冲地扭身跑了出去。

“他一会儿就没事儿了，他是个乖孩子。”克莱尔冲我笑道。

菲德拉长着红褐色的长发，身材修长，姿态挺拔，真像芭蕾舞蹈演员。特洛伊更像个冲浪运动员，一头蓬松的金色鬈发，皮肤经过一夏天的冲浪晒得黝黑。他比姐姐菲德拉还要高些。

“真抱歉，都是我不好。”我说道。

特洛伊回到自己的屋子继续听音乐去了，菲德拉——我见过的最美的女孩，在厨房的大餐桌前坐下，和我们一起吃饭。这餐桌还是她爸爸亲手做的呢。正说着，他从外面走了进来，浑身湿透。他用毛巾擦干头发、洗过手后，在餐桌的主人位置上坐下，那是一把手工制作的带扶手的椅子，坐垫是用绳子编织的。

“你的后背感觉好些了吗？”他问妈妈。

“好多了，谢谢，多亏了克莱尔。”

“还有你呢，最近忙些什么，小格西？”

“我在给老人们拍照片。”我答道。相机还挂在我身上呢。

“哪些老人？”妈妈觉得难以置信。

“多数是年老的渔民，就在港口附近。”

“我的外祖父也是一位有名的摄影师，不是吗，克莱尔？”

“是啊，他是一位很好的摄影师，亲爱的。”

这就是现代相机带来的问题了。人们如果能把一架相机调准焦距，就往往认为自己是个好摄影师了。

“阿莫斯，你妈妈来了。”

只见一位高大而且漂亮的女人走了进来，她有一头银色的鬈发，撑着一把很大的黑伞。她在走廊用力甩了甩伞上的雨水，然后脱下了橡胶长筒雨靴。

“大家好啊。”

“今天真是大雨滂沱，是不是啊！”我趁机说道，其实是想炫耀一下自己丰富的词汇量。

大家面面相觑，好像都觉得我脑子出毛病了似的。

我们围在一起喝茶，妈妈还特意烤了个胡萝卜蛋糕，我也帮忙了。不过其他的食物都是克莱尔他们准备的，有西班牙式煎鸭蛋，配上笋瓜，用园子里种植的香草做调料，还有自制的面包——是加百利的爸爸今天早上刚烤好的。没过一会儿，加百利也回到屋子里来了。他紧挨着奶奶身边坐下，狼吞虎咽地吃了起来，不时瞥一眼架子上的剑，眼里充满了渴望的神情。奶奶伸手想把他揽在怀里，可小家伙扭着身子挣脱开了。

菲德拉在读大学的预科班，每天坐巴士去上学；特洛伊在圣·艾夫斯中学读最后一年。他向我抱怨说上学真无聊。其实整天待在家里要无聊得多呢，我想了想，但没说出口。

喝完茶大家一起玩“大富翁”强手棋[1]，确切说是我和加百利、菲德拉和奶奶一起，在大桌子上玩。我坐在一把外观很漂亮的椅子上，椅垫也是用绳子编织的，木扶手漆了一层清漆，淡淡的颜色。饭厅里的椅子形态各异，但都是手工制作的，件件都是匠心独运。

猫咪珍珍睡在一块蓝黄色相间的旧地毯上，尽情享受着养大孩子后难得的闲暇。孩子们不在身边，这位妈妈似乎一点儿都不担心。当然，她有最好的朋友斯皮克陪在身边，他正在打盹儿，在一把十分漂亮的椅子上蜷成一团。天哪，我从没见过这样精致的椅子！扶手是流畅的弧形，椅面是用绷绳编织的，椅背上的木纹线条如此完美，就像取材于一整块大木头。我留意到屋里还有几把类似风格的木椅子。

“这些椅子都是你爸爸做的吗？”我问菲德拉。

“不是，是爷爷亲手做的。他还做了很多别的家具呢。”

1 这个游戏又叫做“地主游戏”，每个玩家按照游戏标出的土地价格买地，然后造房子、盖大厦，达到盈利目的。

空气中弥漫着家的味道，是一种纺织物的馨香，唔，是瑞本茶巾[1]散发出来的香味儿，有一点刺激，不过还好。

菲德拉马上要出演圣·艾夫斯青少年戏剧团的一部剧作了。圣·艾夫斯青少年戏剧团是本地的一家戏剧公司，演员都是六到十八岁的青少年，菲德拉参加那里的活动已经有好几年时间了。他们排演过各种音乐剧，比如《绿野仙踪》和《约瑟夫与梦幻彩衣》，今年夏天他们刚刚上演了《名扬四海》。圣·艾夫斯市的一座卫斯理宗教堂改建成了剧场，每周菲德拉都要去那儿彩排几次。她得戴上橡胶做的假腿，还有让人咂舌的毛茸茸的假发，那假发的颜色如同绚烂的晚霞。

加百利一直闷声不响。他还会说话吗？我觉得一整天都没听见他开口说话了似的。雨停了，他想拿剑出去玩。瞧，他还会说话！

“让他去吧，亲爱的（是在问克莱尔妈妈）。去吧，小猴子。”奶奶充满爱怜地说道。加百利激动地大叫了一声，真的像只黑猩猩似的蹭蹭蹭爬上了高高的架子。

“他迷上你了，格西。”菲德拉说。

“真的？迷上我了？”

“是的，他觉得你‘盖了帽儿’了。”

“这词什么意思？”

“是康沃尔的俚语，意思是好极了。”孩子们的奶奶说道。

---

1 英国的一种名牌茶巾。

加百利一走，强手棋游戏基本上就散了。真可惜，我可是刚刚成功买下两块儿橙色的地产，雷恩公园和三个车站。菲德拉说她得做作业，也回自己的房间去了。大人们在喝酒谈笑。妈妈笑起来显得格外年轻。

我真想永远待在这里。

过了一会儿，孩子们的奶奶也起身告辞，要回她的小木屋去了。我叫道："能让我去您的小屋看看吗？"

"格西！老人家不愿意被打扰，别给人添麻烦啦。"

"没关系，我很欢迎她来。她可以见见我的猫咪'五指'。"

我迅速穿上派克大衣和橡胶长筒雨靴，和加百利的奶奶一起向小木屋走去。小路蜿蜒而泥泞，小鸭子们用扁平的嘴在草丛里铲来铲去，估计是在捉虫吃呢。加百利的爸爸也跟着我们出来了，他要把这些小鸭子们赶回笼子里过夜。

这时，突然从头顶的"树上宫殿"传来一个相当深沉的声音——要知道那声音发自一个刚刚八岁的孩子呀——"愿原力与你同在。"[1]

我们都咯咯地笑了起来。

加百利的奶奶给我撑着伞，请我进了她的屋子。小木屋里边看上去和外面一样舒适，很像吉普赛人的大篷车，不过屋里的设备更加现代。炉中生着火，我凑过去暖手——手都冻麻了。一只大长毛猫——就是我上次在桥上看见过的那

---

1 著名电影《星球大战》的标志性经典台词。

只——正在紧挨着炉火的沙发上蜷成一团，美美地闭目养神。

“‘五指’阁下可愿赏光一见？”我轻轻地抚摸着它的头，它睁开眼睛凝视着我。

我坦白说上次来这儿时，曾经从小木屋的窗户里偷看来着，不过加百利的奶奶看上去并不介意。我不知道如何称呼她。即便曾有人告诉过我她的名字，我也记不得了。人一到老年，成了父母或祖父母，似乎也就放弃了个性，姓名随之也变得微不足道了。真可怕。

连猫儿都有名字呢。

墙上挂着一幅美丽的油画，画的是康沃尔的海滩。我端详着那幅画。

“那是我的画作之一。”加百利的奶奶说。哇噻，她一定上过美术学校！

我上次透过窗户看见的照片，确实是她年轻时的肖像。像中人除了发型和着装比较老式，简直和菲德拉一模一样！照片上还有签名，可我忘了戴眼镜，看不清楚。

“这是您吗？”

“是的，亲爱的，是我，那时候我和菲德拉现在差不多大。我们祖孙俩很像吧？头发的颜色都是一样的呢。”

她笑得非常灿烂，双唇柔软地弯成美丽的弧度，仿佛一下子变回到了照片中的那个女孩儿。我妈妈的笑也是这样的。有时她看起来悲伤而疲惫，可我一逗她，她的脸庞就瞬间明亮起来，容光焕发，好像青春重现。那时她就重新做回了自己——劳拉·史蒂文森，而不只是妈妈。

“这张照片是谁帮您拍的？看上去很专业呀。”

“真是好眼力。我父亲拍的，他是一位很优秀的摄影师。”

“我能给您拍张照片吗？”

“给我？现在？我想还是算了吧。我太老了，没法拍了。”

“那我能给加百利照吗？”

“给他单独照一张吧。”

“我最近在给海边渔屋的男人照相。最好是能让我也照些本地的女人。”

“让我考虑考虑，亲爱的。”

我给猫咪“五指”拍了照，不过很可能焦距没有调好，我需要一个变焦镜头了。

我的外婆曾跟我讲过，有一次我们俩被锁在了一家美术馆地下室的厕所里，那天是周末，美术馆马上就要关门了。不知怎的圆形的门把手从门锁上掉到了地上，而地上又散落着一堆盒子。我当时还不到两岁。外婆恰好没戴眼镜，看不见门把手滚落到哪儿去了。她让我做她的眼睛，一边四处搜寻，一边哼唱着“两个老太婆啊，困在厕所中啊”。很幸运，我找到了门把手，否则我们就被困在那儿了。如果真的被锁在厕所里，从周一到周六，没有人发现我们，她会怎么做呢？我们可以靠喝脸盆里的水活下来，吃点儿卡纸箱子来充饥。我希望她的大衣兜里还有些味道强烈的胡椒薄荷糖：她口袋里总会有薄荷糖的。

回家的路上我们先沿着穿越豪斯城（马城）的公路行驶——今天路上没有马，它们都在田野里快乐地大嚼呢——然后抄近道上了一条小路，途中碰见了一只可爱的小狗，像是迷路了；因为假如是主人放开的小狗，它该是撒着欢儿跑的，眼神都会透出几分狂野（而它却神情黯然）。它带着项圈，仔细一看上面却没有名字和住址。小狗浑身都湿透了，妈妈用旧雨衣把它包裹起来，我把它放在腿上搂着。我们沿着一条私人车道，开到了一座大房子前，可是没有人在家。我们又找到旁边的农舍，还是没有人。小狗真的很可爱，是一条普通的小黑狗，黑亮的眼睛透过凌乱的毛发无助地望着我。它蜷着身子，安安静静地伏在我腿上。我想它一定又饿又累。

“不行，我们不能留下它。”妈妈说。

“我正想说呢……”我惊讶地说道。真是难以置信，她竟然可以读懂我的心思！真可怕。

“不说我也知道。我们得把它带到兽医那儿去，它可能植入了身份微晶片呢。”

我们的兽医检查了很久，并没有发现微晶片。原来它是只小母狗，才十二个月大。

“我猜它是从花园里逃出来的，”兽医说道，“我们会照顾它的，直到找到它的主人。”

“它身上有跳蚤，”我说道，“我在车里就捏死了一只呢。”

“真是的，这下子我又得洗雨衣了！”妈妈说。

“雨衣早就沾上泥水了，反正都得洗。”

回到车里，我对妈妈讲了加百利奶奶说的一件事儿：加百利小时候以为罂粟花义卖日[1]是小狗义卖日，叫着嚷着要买只小狗。当然他弄清事实以后十分失望。

妈妈笑着提醒我，我小时候喜欢扮成“狗警察”，或者随便叫它什么。我想起来了，我曾经想象自己是一只小狗，一连好几个小时四肢着地，像小狗一样汪汪乱叫，还伸出舌头来呼呼喘气。我还要妈妈给我系上项圈，牵着我去散步。她当时都要疯了。

1 罂粟花义卖日，是为退伍残疾军人举行的义卖节日，英文的“罂粟花”与“小狗”发音近似。

第二十五章

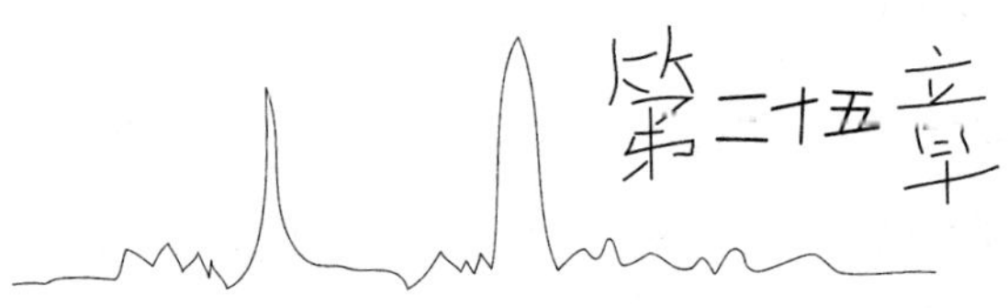

注：黄蜂的幼虫吃庄稼的害虫。

我一直以为黄蜂一无是处，直到在《再次与吉普赛人出游》中读到了上面这句话我才转变了看法。这本书的作者叫布拉姆威尔·伊万斯，是我花了五十便士在本地跳蚤市场买的，当时妈妈还买了两罐自制的橘子酱，一张爱德华七世时期[1]寄自滨海邵森德[2]的明信片。吉普赛人住在一个vardo里，谁知道这是什么？我在《钱伯斯英语词典》中查不到这个词。一定是类似于吉普赛人的大篷车或是小木屋之类的。这个吉普赛人住在乡下，教一位农夫的儿子蒂姆野生生物知识。看到

1 爱德华七世在位时期为一九〇一至一九一〇年。

2 英国英格兰东南部城市。位于泰晤士河北岸，气候温和，阳光灿烂，是著名的海滨浴场。有博物馆和修道院。

书中有漂亮的动物黑白插画，我就买了下来。书的扉页上还写着：赠给劳伦斯·洛克伍德，厄普顿学校初中三班一等奖。这本书一定是在一九五〇年前后赠出的，因为书首版于一九四〇年，一九四一、一九四二、一九四三、一九四四年和一九四九年又几次再版。可见这本书曾经相当受欢迎。书中的吉普赛人罗曼尼还有一档广播节目呢，不过妈妈说她不记得了。

蒂姆常常留在吉普赛人的vardo里过夜，好第二天早起去观察獾。要是现在，这可是绝对行不通的：允许孩子留在一个陌生人家过夜！简直没法想象。

我刚刚列了一张清单，是我们在游隼村曾直接或间接助养过的动物名单：

1.鼻涕虫[1]—— 一只紫色的大鼻涕虫常在晚上从前门潜入，偷吃门廊上剩下的猫食。

2. 蜘蛛——捕食苍蝇。

3.猫虱——喝猫的血。

4.西瓜虫——食腐木。

5.果蝇——喜欢腐烂的水果，不过尤其偏爱妈妈的威士忌。

6.蜜蜂——从园中花朵上采蜜。

7.蝴蝶——同上。

8.蛇蜥——它们吃什么？我记得门廊的地板下有一大群呢。

[1] 学名蛞蝓，体柔软，呈灰色、黄褐色或橙色，形状似去壳的蜗牛，以植物的嫩叶嫩芽为食，是蔬菜、果树等的敌害。

9.蟋蟀—— 一点儿都猜不出它们的食物是什么；不过家里到处都有蟋蟀。

10.巢鼠和仓鼠——面包屑。

11. 小鸟——我们专门预备好的葵花了和花生，还有吃剩下的米饭、面包。

12.三只家猫——奶酪、鱼、希腊酸奶、咖喱鸡肉和猫粮。

13.野猫——晚上潜入家里偷吃猫粮。

14.獾——原味花生，还有除了蔬菜之外的残羹剩饭。

15.小银鸥帕普，除了米饭和蔬菜几乎什么都吃。可它也喜欢吃薯条。可怜的小帕普，不知活下来没有，上次它吞下了一只鱼钩。

我还列了一张单子，上面都是家里的一些二手家具——或者叫循环利用的家具，是从旧货市场淘来的，不过这里不包括外公外婆留下的旧家具：

1.一个雕花矮脚凳，图样是橡树枝上栖着一只黑鹂。

2.带花边的亚麻桌布，有一大堆，塞满了整个橱子。真搞不懂妈妈为什么要买这么多，除了圣诞节，我们几乎用不到亚麻桌布。或许因为外婆以前常常钩花边，做刺绣，而妈妈小时候一点儿也不懂得欣赏这些手工作品，现在拼命买也算是一种补救吧。

3.很多造型奇特的茶杯和茶碟，古色古香的大酒杯，还有印着淡蓝和粉红色玫瑰花图案的精致盘子。

4. 大大小小的碗，搅拌碗，布丁碗，还有用来装糖果的漂亮小碗。

5.四十六个彩色玻璃杯和玻璃罐。任谁都会以为我们家是用来自制柠檬水或是开鸡尾酒派对之类的呢。妈妈喝威士忌有一只专用的玻璃杯——其实她有好几只玻璃杯是专门用来喝威士忌的，一只是绿色雕花玻璃杯，极其昂贵，杯底却很窄，很容易歪倒；一只不透明的白色平底玻璃杯，绘着彩色的圆圈圈。我总喜欢对着瓶口咕咚咕咚喝汽水，妈妈一看到就生气，说我永远成不了淑女。

6.我们家的饭桌也是从旧货店买的，是五十年代产的埃尔柯牌的板面桌，家里还有各式各样的埃尔柯牌椅子，木条椅背的那几把是从后备箱拍卖集市上买来的；还有两把三十年代的劳埃德鲁姆牌的扶手椅，白色漆面，椅子面儿包着橙白蓝三色的条纹帆布。我真希望妈妈还留着外公的摇椅。她可以用条纹帆布重装摇椅的椅面呀。

7. 妈妈的一些厨具也是在后备箱拍卖时买的——包括橙色的法国酷彩铸铁珐琅锅具[1]。她说要是买新的可贵了，买旧货就很便宜。

8.妈妈有十多只搪瓷漏勺。我最喜欢一只深蓝色的，它以前属于外婆。看到它总让我想起外婆，我仿佛又看到她在

---

[1] 法国著名厨具品牌，以生产色彩丰富的铸铁珐琅锅而闻名世界，价格昂贵，在欧美家喻户晓，有厨房中的路易·威登之美誉。

小小的厨房里，挥舞着红红的圆圆的手臂正在料理一只兔子的内脏，一旁高压锅尖利地啸叫起来，嗞嗞地冒出白色蒸汽。可我不记得她用过这只漏勺了，因为她做的卷心菜总像水煮的一样。

9. 我们家甚至从车厢拍卖买到了亚麻床单——真正的亚麻床单、粉红或蓝色条纹图案的棉质床单、还有带褶边和绣花的枕套。睡上去舒服极了。

10.家里的灯罩是三十年代的圆形玻璃罩。玻璃罩上绘有彩色斑点，灯光一照，煞是好看。

11.妈妈用亚麻布料和花边做的窗帘还有餐桌布。（妈妈讨厌纸餐巾，长途旅行或者去度假时总会随身带着一块亚麻桌布。她说亚麻桌布能让她在最不舒服的环境中也感觉到文雅——比如我住院时，或是我们滞留在中途发生故障的火车上时。）

我想我以后要集中精力搜集关于鸟类和自然的旧书了。山崖边的游隼村里有那么多好看的书，我学到了好多知识。我喜欢书中的语言，喜欢那些讲述从前的人与野生自然近距离接触的故事。

我前不久找到了一本五十年代的《影迷年刊》，留着送给爸爸吧。十一月份他就要四十六岁了。我想知道妈妈会送他什么礼物呢？可我猜妈妈现在还是对他恨得咬牙切齿，根本不会送东西给他的。

又快到圣诞节了，这将是第二个没有爸爸、外公外婆在身边的圣诞节。真可怕。看看自从爸爸离开我们以及外公外婆去世以后我都变成什么样子了：撒谎，偷窃，欺骗，教唆，蒙骗，伪造，杜撰，假冒，伪装。我是披着羊皮的狼，穿着狮皮的驴[1]，插着孔雀毛的乌鸦，我是捏造狂，说谎狂，骗人精。我是诡计多端的骗子，一个鬼鬼祟祟的小人，一个伪善的朋友。

1 出自伊索寓言，是一个说疯话、说大话的胆小鬼。

第三十六章

昨晚梦见我们一家三口在车里，爸爸妈妈还有我。空中有两只小鸟，好像是青山雀，要么就是麻雀，欢快地边舞边唱。突然，两只小鸟撞到了车的挡风玻璃上，立时粉身碎骨。我吓醒了，又害怕又内疚又悲伤。正值半夜，我听到一种可怕的声音，好像是黑鹂被猫慢慢吞掉时的惨叫。随之又听见好像从很远的地方传来猫头鹰“欧欧”的叫声。但愿刚才的惨叫不过是猫头鹰的尖叫，不是受伤的黑鹂吧。我透过窗户凝视着晴朗的星空，一颗橙黄色的星星——应该是火星的行星，正高高地悬在玻璃顶窗的上方。

注：我在妈妈的《牛津简明词典》（一本巨大的字典，不用放大镜根本看不清楚上边的字）中查到了vardo的含义。它指的是

“四轮运货马车”。今天的生词是：“毫无诗意”——像散文的，无诗意的，如实的，平凡的，乏味的。

洛恩太太一边换床单一边吹口哨。可我听不出她吹的是什么曲调。妈妈去上写生课了，这名字听上去倒像是教人如何生活而不是教人画画。我不明白她为什么还要去上课，她不是已经学会绘画了吗。她说自己缺乏练习，保持技艺必须得勤于练习。

“洛恩太太？”

“怎么了，孩子？”

“您还在游隼村的别墅里工作吗？”

“是呀，我亲爱的孩子。”她现在吹的是《世上万物皆美好》，我猜应该是，这又勾起了我的内疚，我去的那个葬礼上人们就唱了这首歌。

“房子的主人回来了吗，还是又有人租下了那儿？”

“房主回来啦，宝贝儿。”

“他是个名人吗，洛恩太太？”

“他是个很和蔼的绅士，宝贝儿。”

我猜对了，果然是个男士。可他是做什么的呢？

“他做什么工作呢，洛恩太太？”

“他已经退休了，宝贝儿，据我所知他什么工作也不做了。”

“喔，那你知道他以前是做什么工作的吗？”

“不知道，宝贝儿，我不打听别人的隐私，我帮他打扫房屋，他付给我工资，仅此而已。”

“洛恩太太？”

“格西宝贝儿，又怎么了？”她收扎着吸尘器的管子，管子很不听话，怎么都弄不好。

“游隼村别墅的屋顶上是不是有只海鸥？”

“海鸥？海鸥到处都是啊，我的孩子。”

天气很冷，大海看上去阴郁而危险，好像心怀一腔怨恨，强忍着才不会爆发似的。

我整天都待在家里读书，试着写诗，觉得格外悲伤和忧郁，只好透过窗户向外远眺。这种心绪适合写诗。而要写描述幸福快乐的诗句却难多了。

每当我像今天这样觉得事事不顺心，生活一团糟时，总觉得上苍在凝视着我，波光粼粼的海面，略带咸味的海风，都好像在向我大声呼唤——来看看美丽的大海吧，你不觉得美不胜收吗？

不一会儿，太阳好像被滚滚的波涛吞没了，只剩余晖映照着缓慢起伏的海面。这让我想起布莉吉特说过的：“银色是秘密，白色是哀伤，绿色是心旷神怡的一片树林，金色是希望的惊鸿一瞥。”这孩子真是个天生的诗人！我就没有这样的灵感。真是毫无诗意——哈！我用上今天的生词了。今天的诗是史迪威·史密斯的《天堂之城》。诗的页脚引用了他的一句名言：“我无法判定，上帝究竟是仁慈，无能，还是冷酷无情。”

如果真的有上帝，真的有一种全知全能的力量存在，那么我们存在的意义又是什么呢？上帝为什么创造了我们？生命的意义是什么？我们来到世上的目的是什么？除去延续种族之外，还为什么？或许我们的存在只是为了时常驻足、见证和欣赏上帝创造的这奇迹般的世界：缤纷的雏菊花海，雄浑的狮子吼叫，精巧的蝴蝶双翼，苹果的香甜，等等。然而，我们不得不提起的是这世界又同时充满了危险和恐怖：地震夺走了成千上万的生命，洪水和滑坡掩埋了整个城市，飓风、火山，还有干旱缓慢而痛苦地吞噬着成千上万的生灵。我们像是一堆蚂蚁，而上帝如大象，不经意间一只巨腿轰然踩落。

最近我和妈妈几乎不怎么收看或收听电视和广播上的新闻节目了，那些消息太让人沮丧。听说一个刚刚接受了心肺移植手术的小男孩死去了。你也许会觉得奇怪，我们听到这个消息怎么会那么难过。我们并不认识他，可一直关注着他的情况。

我是从什么时候开始认识死亡的？什么时候懂得了每个生命都终将走向死亡？大约在我十岁的时候吧，有一次看关于二战的节目，推土机铲起赤裸的尸体，堆成一座小山。这个场景我永远无法忘记。我的大脑僵住了，胃里一阵痉挛：那些尸体像交叉在一起的“筷子游戏”中的竹筷。当我问外婆她和外公会不会死时，她说当然不会。她可不想“死”啊。

可是她错了。她错了。

或者更早，当我还很小的时候，在医院里，邻床是个五岁的孩子，头上光秃秃的，一天晚上他死了，我隔着帘子听见他的父母压抑的哭声。

我逐渐意识到我很有可能会未成年就死去，就像第三世界国家的孩子，他们很多都死于麻疹、艾滋病或肺结核。

可正如外公评论外婆种的西葫芦收成很少时所说：“别在乎数量，要在乎质量。”

我真的相信，如果周围的世界是美好的，你就会觉得活着确有所值；但如果被丑陋所包围，则很难活得开心。放眼窗外的海滨小城，错落的建筑在空中衬映出起起伏伏的轮廓线，橙色的屋顶，弯曲的街道和圣·艾夫斯小山，还有远处笼罩在灰白色天幕下的海港，一派勃勃生机。我真开心我还活着。我喜欢飞翔的海鸥，喜欢略带咸味的海风，喜欢那此起彼伏、永不停歇的海浪，还喜欢我的猫咪，喜欢看他们弓起脊背，蜷曲着尾巴的样子。我的心脏依然在跳动，我真开心。

妈妈最近身体状况很差。不是她背疼的老毛病，而是体内激素失调。她开始有阵发的灼热痛感，不来例假的时候也常常流很多血。我还以为她这个年龄已经不来例假了呢，不过显然不是那么回事。她去看她的医生了——不是阿利斯戴尔。我在家里和猫儿到处闲逛。天气阴冷，我不想出去了。本地报纸上说，城里有家名叫“艺术和艺术家”的书店，店里有关于当地艺术家、陶艺师和作家的书卖。或许我能在那儿找到些我曾祖父阿莫斯·哈特利·史蒂文森的资料？不过今天先不去了，可以先打个电话问一问。

“您好，我是奥古斯塔·史蒂文森，我想问一下您那里是否有关于阿莫斯·哈特利·史蒂文森的书？实际上他是我的曾祖父。噢，你们有！好，我可以过去看看，明天可以吗？噢，好的，下周，谢谢你，到时见。”

天哪，做研究原来如此容易。没准儿我可以当个历史学家呢。

妈妈给兽医打了电话，他告诉妈妈：上次我们在路上捡到的小狗已经找到了一个好人家。

第三十七章

我发现了几件妈妈的旧衣服，一件镶花边的丝绸衬裙，一条轻薄纤巧的平纹连衣裙，都是她少女时代的装束（当时是嬉皮士的妈妈却依然喜欢古典的样式）。她特别喜欢这些衣服，一直不舍得扔掉。我把它们挂在窗边，拍了照片。晨曦透过窗户映照在衣服上，那么婀娜缥缈，就像有灵魂附在衣服里边一样。

还有一件奶白色的日式刺绣上衣，袖口做成喇叭状，前襟绣着一只大大的天堂鸟，还绣着蓝粉两色的锦簇花团，细细的金线贯穿了整个图案。我想知道这种衣服最初是做给谁穿的。是皇后，还是艺妓？

旧的衣服、家具以及瓷器的魅力就在于，它们都有自己的过去，一段隐秘的往事，一段不为人知的历史。每天，这些古旧的东西在我们身边，像幽灵一样陪伴着我们。

我喜欢想象外公外婆正从天上注视着我们，保佑着我们。妈妈此刻尤其脆弱，她需要有人照顾：这是我寻找康沃尔家族的好理由。好吧，就算康沃尔家族的人其实和妈妈并没有血缘关系，不过是姻缘而已，不过不管什么“缘”，有总比没有好呀。到了那一天，妈妈会孤零零的一个人活在世上，没有人照料，这想法让我特别难受。到时候，谁知道阿利斯戴尔在哪儿呢？他很可能会离开妈妈，像爸爸那样，找个更年轻的女人。妈妈干吗总找比自己小的男人呢，已经两次啦。她为什么不找一个和自己年龄相当的人呢？我猜是因为这个年龄的男人要么都已婚了，要么是离婚的，那一定是因为他自己有什么问题，再要不就是同性恋。

我希望在我死的时候，阿利斯戴尔能在她身边安慰她。

我梦见一只天堂鸟和另外一些奇异的鸟儿飞进我的窗户，它们嬉戏玩耍，寻觅埋在羽绒被底下的宝藏。它们的羽毛明艳美丽，又极有灵性。一只琴鸟昂首阔步，骄傲地展示着它的美。我在床上躺着，那只天堂鸟径直走到我的脸旁，任我轻轻抚摸它黄色的小脑袋。我用手指抵在它的胸口处，直摸到它的皮肤，感觉到它的体温和心跳。它凝视着我的眼睛，用黑色的喙轻触我的嘴唇。醒来后，我有种奇异的感觉，仿佛指尖真的碰触过小鸟儿一层层的翎毛。

第二十八章

海莉来了，带给我一大堆书，我们整个早上都在聊诗歌和小说，真是愉快极了！她热爱读书，能背诵很多诗歌。我们各选了一首诗歌来讨论。她选的是美国诗人雷蒙德·卡佛[1]的一首诗。卡佛五十岁时死于癌症。他曾长年嗜酒成瘾，后来遇到了他的第二任妻子，之后仅仅十年他就去世了。他当时很清楚自己行将就木。海莉说他最杰出的作品都写于生命的最后几年。除了诗歌，他还写短篇故事，大多取材于个人经历，比如钓鱼、醉酒和家庭争吵等等。在《珍重》一诗中，他记述了妻子为两人迟来的婚礼采集玫瑰。他总是尽可能地多叫她几次“妻子”，因为他知道自己时间不多了。

[1] 雷蒙德·卡佛（1938~1988），美国诗人，小说家。

真希望离开人世以前，我也能写出像他的诗篇一般美妙的东西。

我选的是莎伦·欧德的《我回到一九三七年五月》，这首诗曾被鲁斯·帕德尔选为《独立报》的周末诗歌。诗的内容是关于莎伦父母的一张合影，当时他们还没有结婚，莎伦当然也还没有出生。诗人说，她想劝告父母“不要结婚了，你们以后会使彼此都不开心的”。但她没有这样做，因为她想出生。她想活下来。

是的，我和她一样，我想活下来，我……我……我……

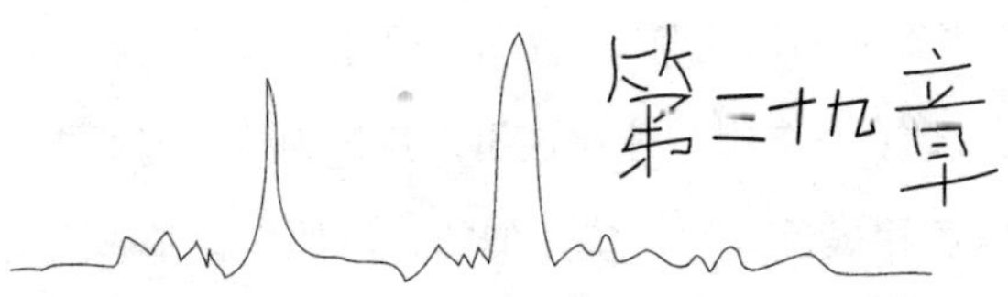

“艺术和艺术家”书店有好几架子关于本地艺术和艺术家的书，还有一块专供展览作品的画廊专区。店主以前听说过我曾祖父，还从网上搜索到了他的资料。哇，太奇妙啦。我也想要一台电脑。

阿莫斯·哈特利·史蒂文森，一八八〇年生于圣·艾夫斯市。一八九六年在普利茅斯读书，一八九九年就读于皇家美术学院。一九〇〇年与伦敦人玛丽·门泽斯结婚。一九三八年返回故乡圣·艾夫斯市。阿莫斯·哈特利·史蒂文森曾一度作过外光派[1]画家，并把绘画与摄影相结合。之后他在特金娜广场开办了一家摄影工作室。史蒂文森夫妇育有四个子女：哈特利、门泽斯、约翰和菲。原来，我的

[1] 外光派画家不像以往的画家只关注历史或宗教题材，而是把画架移到室外，在野外作画。

祖父哈特利·史蒂文森有三个兄弟姐妹！不知他们的下落如何？

“艺术和艺术家”书店没有关于他们生平的介绍。不过这里确实有不少很棒的书，我顺便翻看了一下。

著名陶艺家伯纳·李奇曾住在这里。我认为他的陶器古板无味，都是棕色和黑色，像糖块儿似的。可妈妈说那些陶器在拍卖会上能卖到很高的价钱。有一次她在后备箱拍卖集市上找到了一个大盘子，还以为是李奇或是他学生制作的呢，结果都不是，于是妈妈就不想要那个盘子了，随手丢给猫咪用了。猫咪们很喜欢上面肉汁色的釉料，每次都把盘子舔得干干净净。妈妈吸取了教训，现在只买她喜欢并真正可以接受的东西。

我喜欢约翰·安东尼·帕克的画作。这里有一本名为《晨潮》的书，介绍了他的生平。他生于一八七八年，死于一九六二年。他在世时画大地和海洋的风景画，还曾经在鲍尔格林街三号居住过，也就是说与我家仅隔了一门。那是一九二三年的事，多么让人激动啊，有位著名的画家曾和我们住过同一排房子！墙上为什么没挂块蓝匾纪念一下呢？我们住在伦敦的凯姆顿时，由于很多名人都住过那儿，到处都是蓝色的匾额来纪念他们。

咦，这是什么？一本大书，封面是一张椅子的照片，看起来特别像达林家中的漂亮椅子。

“宝贝儿，我要关门了。”店主说，“真抱歉要赶你走，但我们不久会举办一场新的展览。你找到要找的东西了吗？”

“我会再过来，作些研究。”

“我们下次开门是周四，也就是十一月四日。”

“好的，我一定会再来的。”

第四十章

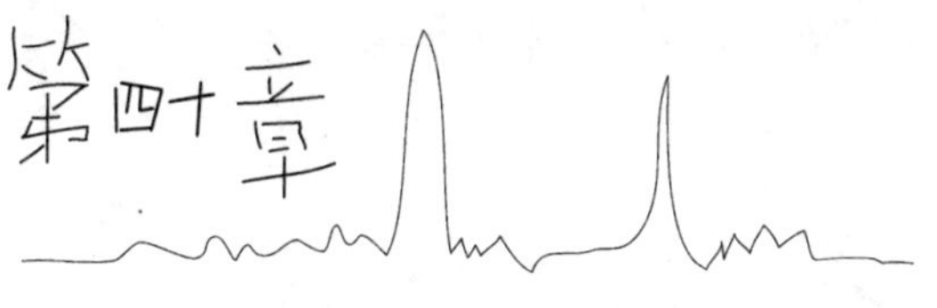

今天的单词：企业家——办企业的人，尤指经营商业性企业，并需承担个人财产风险的经营者。

我在剪辑露芙·帕黛[1]的报纸专栏。她阐释了现代诗的特征：以内韵代替句尾押韵，诗中反复出现半韵。经她一解释，诗歌变得有趣而易读。真希望她的文章能合集出版。

今天是万圣节。商店在卖大个儿的南瓜。三个幼小的孩子穿着巫师或女巫的服装，出现在我家后门口，大声喊道："糖果还是捣乱？"他们的妈妈躲在暗处观察着。我妈妈虽不信万圣节这一套，可还是给了他们几个自

[1] 露芙·帕黛，英国获奖女诗人，英国皇家文学会、英国皇家地理学会会员，英诗学会主席。出版过六部诗集。曾在牛津大学和剑桥大学教授希腊文和古典文学，现为自由撰稿人，为多家著名报纸撰稿。

家种的苹果。他们看上去并不十分感激我们的“糖果”，幸好妈妈在他们“捣乱”之前赶紧关上了门。

到盖伊·福克斯之夜[1]那天，港口的海滩上会有烟火表演。妈妈说到时如果天气好就去海滩看，天气不好就从我屋子的窗口远远地看。猫咪们讨厌焰火，所以即使天气适宜，我大概也不能去海滩，得待在家里安慰它们。有一年在伦敦，妈妈帮着我一起做了一个“了不起的盖伊”，把他立在街角募捐。结果大获成功，两天就募到了五英镑呢。

我想我一定能成为一位成功的企业家。

我给爸爸寄了生日贺卡和礼物。我在想，生日那天他会做什么？以前我们有时会去凯姆顿镇的一家希腊餐馆吃饭。那是他最喜欢的餐馆，因为餐馆的人与他熟识，服务十分殷勤周到。他曾经拍过一部短片，里面就有取自这家餐馆的场景。可短片从没上映过。即便如此，餐馆的人还是把他当成一位著名导演来看待，他自然也喜欢人们这样做。也许今年他会一个人去那儿？可怜的爸爸，没有了我们他会很孤单的。

我给他打电话，祝他生日快乐。他喜欢《影迷年刊》和我送的贺卡。他说他和一个叫鲁克的泰国女孩去参加派对。那女孩十九岁。他为什么非要告诉我她的年龄？我才不管他和谁出去约会呢，那人几岁和我有什么关系？反正我肯定不

1 1605年11月5日，包括盖伊·福克斯在内的一些天主教徒声称要用火药炸毁伦敦议会大厦，后未成功。此后每年11月5日就被称为“盖伊·福克斯烟花节”，届时都要举行焰火晚会。

会告诉妈妈。他似乎认为，身边有个年轻女友就能证明他是名副其实的“魅力先生”，可以得大奖了似的。他是“魅力先生”吗？他抛弃了我们母女，违背了结婚誓言，不是吗？他是个十足的大笨蛋，大傻瓜，大坏蛋。

焰火晚会被大雨冲散了。但愿除夕夜有个好天气，能让人们举行新年狂欢。圣·艾夫斯可是过新年的好地方。

吸尘器的长皮管一动就掉，洛恩太太怎么也找不到丢了的那一节。我和妈妈得去一趟彭赞斯市把它修好，顺便还要购物。大雨滂沱，浓雾弥漫，路面满是积水。

妈妈把车停好后，我们钻出车厢。她把长皮管从后备箱拖出来，缠在腰上，我帮她撑着伞。皮管子扭动着从她的肩膀一直脱落到地上，就像一条野性十足的巨蟒，她就这样拖着管子进了商店。我们俩都笑疯了。维修工说皮管子少了一节没办法修理了，但答应给我们换条新管子。他不愿意让这一大堆管子在他的工作室占地方，我们只得重复刚才那滑稽的过程——冒着季风季的大雨，把这条挣扎不休的巨蟒重新拖到了车上。我和妈妈都浑身湿透，没法再去逛商店了，只好沿着来时的小路慢慢地开回去，汽车一直行驶在路中间水比较浅的地方。和妈妈在一起有时真开心。这次路上没碰见孔雀。

我和妈妈聊起我们在泰国的那个冬天。有一天，我们先是在雷电交加之中乘船，惊心动魄。接着又冒着大雨开车前行，路面完全被淹没了，一不小心就会开出公路。挡风玻璃上没有刮雨器，必须有个孩子——车里拉的全是孩子，不时从副驾驶的前窗探身出去，用手抹去挡风玻璃上的雨水，妈妈才能看清车往哪儿开。路上的水都没过了前轴，不过我们好歹开过去了。路旁的水牛倒是很开心。

我常常回想起在热带国家里度过的那些冬天。半夜绕着房子追刺猬跑——那是在非洲；在泰国我有一些美国朋友，我们住在同一个大院里。晚上我们做烧烤，在火上烤棉花糖吃。

我给野生动物看守员吉妮还有“写作先生”分别寄了圣诞贺卡。我特别喜欢过圣诞节！

福尔街的每个商店都摆上了真的圣诞树，树上挂满了闪亮的灯泡。入夜，小镇上灯火辉煌，犹如童话世界一般。从我的窗外看去，斯密顿码头上闪烁的灯光在晚风中摇曳，宛若无数个小精灵在空中飞舞。

布莉吉特和她妈妈邀请我圣诞夜去教区教堂做晚祷，这个晚祷开始得比较早，是专门为孩子们准备的。我希望茜迈不会去。肯定不会，她怎么会去教堂。

我不知道我是否还有勇气走进教堂。撒谎的人可以去教堂吗？如果我们是天主教徒，可以去做忏悔，然后就能被宽恕了。可我们不是。

我们在屋前花园里的那棵小樱桃树上挂满了彩灯。

圣诞老人会在当地的圣诞晚会上出现。当然我已经不再相信世上真有圣诞老人了，但还可以假装相信呀，只是“假装”，不同于撒谎，两者区别很大呢。我希望能在那儿买到一些礼物。我想知道加百利信不信有圣诞老人这回事儿，布莉吉特呢？

一个大问号是：该给爸爸买什么？去年我送他了指甲剪，他非常喜欢。不过不幸的是那剪刀直到现在还没坏，所以我不能再买指甲剪了。

为什么给男人买礼物这么麻烦？给女人和女孩子们买礼物要容易得多。我们通常喜欢漂亮可爱的、自己又不会去买的礼物。比如说，手镯啦，项链啦，发夹啦，T恤啦，抱抱熊啦，就是这类东西喽。当然，我还是最喜欢人家送我书。但我知道妈妈喜欢香水、衣服和亮闪闪的物件。

外婆总想要丝巾。她攒了一大堆丝巾，但在我印象中她从来没戴过。我记得她只是把丝巾收在抽屉里，也允许我拿出来玩儿。我会把它们从包装纸里小心地取出来，缠在腰间或头上，装扮成海盗或抢劫犯，如果丝巾花纹是虎纹、豹纹，或斑马纹，我就装成人猿泰山。

爸爸喜欢老版的人猿泰山系列电影，我也是。以前在外婆家时，我常常从一把椅子跳到另一把上，再从桌上跳到板凳上，大喊着：“啊噢啊！”

外婆常说：“还是过去的日子好啊。”就好像过去的生活比眼下的日子真的好很多一样。

“妈妈。”

“嗯？”她放下手中的杂志，从眼镜后面看着我。她只在家戴眼镜，因为不喜欢自己戴眼镜的样子。她在浴室放一副眼镜，厨房放一副，卧室还有一副（为了躺在床上读书时方便），手袋里也有一副。理论上是这样的。实际上，这些地方眼镜盒还在，眼镜却早就不知跑哪儿去了：可能压在一摞杂志下面，夹在换洗衣物堆里，甚至丢在了花园里。有一天我们一起出门，她在包里找不到车钥匙了，就把包倒空，然后掉出来九副眼镜——九副啊！有几副是旧的备用品，不能用了，她说要把它们送到配镜处回收。

“怎么了，格西？别这样盯着我看，好像我是火星人似的。”

“不好意思，妈妈，你见过你的祖父母或是外祖父母吗？”

“我只见过我的祖父。他也在皇家海军服役。他曾在加里波利得过十字勋章呢。”

“什么勋章？”

“十字勋章。这是法国给外国国民的最高荣誉了。”

“他怎么得的？”

“是这样，他在一艘战船上做信号员，船上有两名法国海军上将。他们刚从土耳其海岸出发，当时我的祖父站在桅杆瞭望台上，向盟军的船只报告敌船的位置。他被岸上的一个狙击手打中了，子弹嵌在了额头里。他坚持着发信号，并且又坚持了两个小时，直到失血过多而昏倒。”

“哇，好厉害！他有没有战死？”

“没有。那是一枚乏弹，而且距离太远了，所以没那么大的威力了。”

“噢。”

“嗯，法国将军当场就授予了他勋章。他随之被转到医疗战船，但敌人用鱼雷炸沉了船，他的勋章丢失了。但他活下来了。他本可以向人讲述这段英勇的事迹，可他只在去世前不久才告诉了我的父亲，也就是他的儿子。之前他从未向任何人提起过他在战争中的经历。我父亲联系到了法国海军部门，于是在他去世三周前，他们重新给他颁发了战争十字勋章。”

“你有那枚勋章吗？”

“有，等我找着了拿给你看。”

“这么说，我的曾祖父是个英雄啦？”

“是的，格西，一位真正的英雄。”

“他叫什么名字？”

“阿尔弗雷德·威廉。”

我要给那枚勋章照张相，作为我家史的一部分。

那么，我知道我有两个著名的祖先了。现在可是告诉妈妈我的家族调查的最好时机呀。可是电话偏偏在这时响了，她拿起电话，又开始和阿利斯戴尔喁喁私语了。

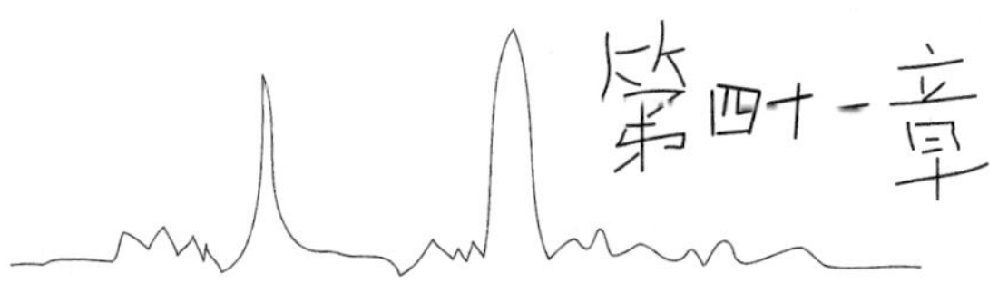

第四十一章

圣诞节游园会，或者叫“大集市”在小镇礼堂举行。礼堂里特意装饰上了气球和假冬青花环，闻上去还有一股银白色滑石粉的味儿，就是洒在舞厅木地板上的那种滑石粉（几天前这儿举办过一次舞会）。我已经攒了一个月的零花钱了，今天可以痛痛快快地消费。

礼堂外面，青年乐团在芭芭拉·赫普沃斯[1]的雕塑作品旁演唱着颂歌。里面摆上了小摊位，卖自制的贺卡和礼品标签、金色和银色的杉树球果、风信子球根和其他圣诞植物，还有家庭制作的火腿、罐装的洋葱和番茄泡菜，罐子上盖着有贝壳和冬青叶花型的纺织

[1] 芭芭拉·赫普沃斯（1903~1975），英国抽象雕塑艺术大师，20世纪最伟大的雕塑家之一。作品包括石雕、大理石雕像、木雕，以及青铜作品和大型户外雕塑作品。

品。有个摊位在卖彩票，奖品都摆在外面。妈妈花一英镑买了四张彩票，想抽中一瓶威士忌。

圣诞爷爷躲在楼下的“小洞穴”里，小孩子们在楼梯上排成长队，满怀期待地等候着他。大家兴奋地高声叫嚷着，热闹非凡，听口音几乎都是本地人。

布莉吉特在那儿！还有茜迈。我在大厅另一头朝布莉吉特微笑招手，不搭理SS茜迈。妈妈看见她们的妈妈了，走过去打招呼。我也只好表现得有礼貌，站在那儿任凭那个荡妇盯着我的旧牛仔裤，背帽上衣和运动鞋上下看个不停，趾高气扬的眼神儿穿过她那只又蠢又扁又丑的鼻子俯视着我，脸上挂着不屑的微笑。我使劲儿拉下板球帽的帽舌，把脸藏在帽舌下。她那副打扮看上去足足有二十五岁：黑色紧身衣，红色短裙，黑色皮夹克，擦得黑亮的皮靴。头发编成一百多条小辫子，还别了把梳子，上面插着一枝冬青。那冬青怎么不扎破她的头皮，让她得破伤风。

外婆说过，如果你对一个人没有什么好听的话可说，就什么也别说。我觉得当你痛恨某人时，这句话并不适用。

布莉吉特拦腰拥抱了我，然后我们一起到处逛着买礼物。她说送我的已经准备好了，是她亲手做的。她很想说出来是什么，但我制止了她，我喜欢惊喜。她戴了一条饰有立体驯鹿的发带，胸口别了枚闪闪的圣诞老人胸针。我问她想不想去看圣诞老人。

“才不呢，他是假的。到处都是圣诞老人。利岚公园有一个，特鲁罗[1]至少有两个。真正的圣诞老人住在芬兰的拉普兰岛。我还给他写过一封信呢。”

我在书摊前停下了，一本关于蜜蜂的书让我看得入了迷。我对于蜜蜂一无所知，是应该好好了解一下它们了。可我是不该给自己选礼物的，圣诞节应该给别人选礼物，我列了一长串单子呢。我给布雷特买了一本关于康沃尔野生动物的书。希望他还没有这本书。

我们做了好多罐洋葱泡菜，妈妈还剩有一些我们以前在游隼村时做的腌海马齿。我们送给了洛恩夫妇一些洋葱泡菜，送给阿利斯戴尔和达林家一些腌海马齿。我给妈妈买了些盐渍核桃，算是打牙祭。妈妈忙着做碎肉馅饼、蛋糕和圣诞布丁。我不知道她为什么要做布丁，因为我们都不喜欢吃。以前我们和爸爸住在一起的时候，她从来不做蛋糕这些玩意儿。搬到这儿来后她都变成家庭主妇了。

我为猫咪们买了三只系铃的红色人造毛老鼠。猫咪喜欢玩具在被“扑杀”时发出咔哒声或尖叫声。给布莉吉特挑礼物很容易，我趁她忙于光顾另一个摊子时给她买了个又漂亮又舒适的细带肩包。肩包做成猫头的形状，还有胡须呢。这个摊子还卖坐垫，桌布，冬青花环，蜡烛和绣花的玻璃杯套。我找不到足够漂亮的礼物送给妈妈，不过我已经从这里得到

---

1 英国特鲁罗是康沃尔郡的主教座堂城市，是全郡的商业和行政中心，也是西康沃尔的购物中心，城中有著名的乔治风格建筑。

了启发，打算自己给她做礼物。

妈妈在买彩票的摊上赢了一罐滑石粉。她打算把它送给托马斯太太。真可惜没抽中威士忌。她也买了一些礼物——康沃尔郡小饼干。

我认为大集市办得挺成功的。

按十二月的气候来说，今天的天气算是暖和的，丝毫没有下雪的意思，对此我很高兴。我不喜欢寒冷。我会被冻僵的，手指和脚趾冻得都不像是自己的了。

如果移植手术顺利，之后我也许会变胖一点儿，血液循环状况也会大大改善，那样我就能在雪天出门了。当然，可能每天得吃几百粒药，以防我的身体排斥新器官，但是以后我就能跑跑跳跳做些运动了。太棒了！也许我会学着打板球。

要做移植手术的人中有三分之一都不能第一次就顺利进行。我们听说过有一个人的手术取消了七次，最后才做成了。

妈妈说爸爸要来过圣诞！我简直不敢相信。哦，不是在圣诞节当天，但他会在圣诞和新年之间来看我们。我很惊讶妈妈竟然同意了。我都等不及了。也许他会一直待到和我们一起庆祝新年。除夕夜会有一场盛大的焰火表演，人们都会盛装出行的，然后在派对上狂欢一整夜。

我在为妈妈做一个眼镜袋。我自己设计的。它就像那种悬挂式的鞋袋，每只鞋都分别有一只口袋来装；我的眼镜袋是用甲板椅帆布做的，每副眼镜都可以放在单独的口袋里。每个口袋上面还专门做了一个小孔，可以用来悬挂在门上或者其他任何地方，这样她不费劲儿就能找到眼镜啦。

我给大家的礼物主要是我拍的照片。给爸爸的是镶在像框里的三只猫的黑白合影，他一个人住，肯定想死那些猫了。我还把那首诗《珍重》抄给了他，希望它能让他想一想妈妈。我给萨默寄了一张从我屋窗户往外拍的风景照，这样就能吸引她想过来看一看了。我还拍了一张八哥唱歌的照片，做成卡片送给布雷特。给妈妈的是一张非常精美的黑白静物照，照的就是她祖父的那块十字勋章。我用水彩给它部分上了色，让它看上去像一件艺术品。我还在当地商店买到了大小合适又物美价廉的木制镜框，把所有的照片们都镶进镜框里。

弗罗在给我帮忙——把包装纸和彩带分类，她追着四散的彩带满地跑。查莉一点儿幽默感都没有，呆坐在床上，透过粉色的鼻头不屑地观察弗罗的可笑举动。兰博被纸巾和透明胶带的窸窣声吓坏了，躲到了妈妈的床底下。

我们的圣诞树立在一只木桶里，桶外包装着红色和绿色的装饰纸。屋子里满是松塔的香味儿。我们给小树披挂上小精灵一样的彩灯——每年都用这种彩灯，还有塑料的小铃铛，上面绘着儿歌里的人物。我们不用那种纯白色或纯银色的饰品，虽然它们显得更有品位，可我们不用。要知道，如果在圣诞节都不能俗一回，那什么时候俗呢？天，我的口气开始变得像妈妈了。

今年我们有外公外婆的旧圣诞树饰品。它们以前总是包在棉絮里，放在一只方形饼干盒里。盒盖上画着一个小女孩，她留着金色卷发，身穿红裙，和玩偶在玩。这些小饰品非常易碎，轻得像空气一样，用纯玻璃制成，釉着漂亮的颜色：淡粉色，浅灰蓝色，猩红色，还有珍珠绿色。有一些做成小球，另一些是小的葡萄串。我小心翼翼地把这些小玩意儿都挂在树上，尽量不碰掉松针。树枝上缠上银线，作为点睛之笔。它们在灯光下一闪一闪的。

“我可以把小仙女放在顶上吗?”

妈妈从盒里拿出一只丑陋的独眼娃娃，她的头发半秃，只剩下一只胳膊，衣服也被扯破了。

“如果你非得放的话，就放吧。”

这是我小时候的娃娃。她叫丁可贝尔。

“妈，还是你放吧。”我说。她踮起脚来，伸手把残疾的小仙女摆在最顶端的树枝上。

“圣诞老人怎么办?”我拿出外婆织的小圣诞老人，妈妈把它放在了小仙女的下面。我关掉大灯，欣赏着摆在凸窗前面的小圣诞树，闪闪的灯光映在玻璃窗上——一幅多么美妙的画面啊。妈妈突然把我搂在怀里，我感到她的脸颊湿了。

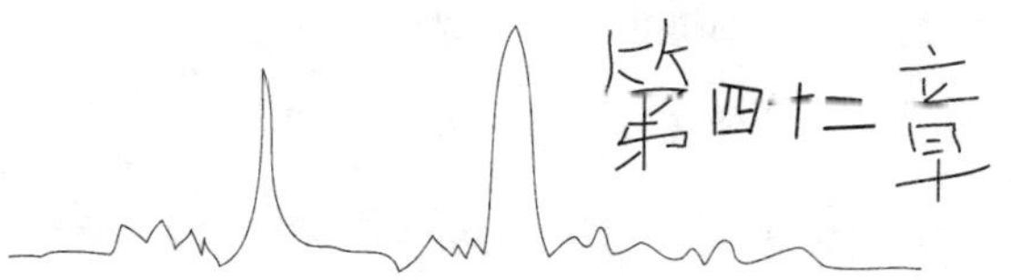

第四十二章

我无意中听到了下面的对话（我想我本不应该听到的）。当时我正坐在房间开着的窗户旁，端着相机寻找灵感。天气很暖和，我们连暖气都没开。八哥站在电线上的老地方，冲着苍天鸣叫，也许在祈祷一个白色圣诞降临吧。妈妈在晾衣服，托马斯太太正好从旁边的门出来了。

妈妈说：“你好，亲爱的。天气真好，不是吗？”为什么大人们总是谈论天气？真没意义。天气既然改变不了，那么干吗还要提呢？“你好吗，玛丽金？”

玛丽金！多美的名字啊，意思是“金盏菊”。可她看起来不像金盏菊，而像紫罗兰。

托马斯太太：“是啊，我还不错。就是我的腰椎和膝盖，还是老毛病。过几天去治疗白内障。嗯，你怎么了，亲爱的？你看上去很虚弱。”

妈妈：“你说对了，看得真准。是子宫肌瘤，得动手术。”

托马斯太太：“唉，那谁来照顾小姑娘呢？”

妈妈：“哦，暂时不会做的。过一段时间吧。”

傍晚，我们在看《绝对精彩》。我们都很喜欢这个节目。

“妈妈，你去看医生的时候他怎么说？”

“她。我的医生是女的。”

“哦，好吧，她怎么说？”

“哦，没事。年纪到这儿了。荷尔蒙啊，肿瘤啊，没什么要紧的。”

“你是不是得做手术？”

“不用，自己就会好的。医生会给我开一些药。”

第二天，当托马斯太太到院子里晾小短裤的时候（小短裤这个名字真可爱，尤其是有时短裤其实很大），我准备好了相机。妈妈去城里了，赶在圣诞购物季的最后时刻大采购。

“你好啊，我的宝贝儿。最近怎么样，听话没？”

“托马斯太太，请问我可以为你拍张照片吗？”

“给我拍照片做什么啊？”

“要收录到我的作品集里。”

“听起来蛮重要的嘛，作品集。那就拍吧。”

于是我走进她的院子里，让她倚着缬草花架摆好姿势。缬草粉白色的小花还开着，香气四溢。她自然还穿着花朵图案的围裙，倒也有迷彩服的效果。

我的相机里装的是透明胶片。

“谢谢你托马斯太太。你看上去美极了。”

“你真是个有趣的小姑娘，给我这么一个老太婆拍照。”

“托马斯太太，我妈妈身体不太好，是不是？”

“是，她身体是不太好。”

“是癌症吗？她是不是要死了？”

“老天，不是癌症，我的宝贝儿，她长了肿瘤，需要动个手术，仅此而已。”

“真的吗？”

“别为你妈妈担心了，我的小姑娘。她壮得像一头牛。”

“谢谢你，托马斯太太。”我不由打了一个喷嚏，擤了擤鼻子，“我能帮你点什么忙吗？”

我真怕她让我去买东西，幸运的是她说不用了。

她坐在前门台阶的垫子上晒太阳，她的猫从屋里跑出来，坐在她旁边。她一抚摸它，它就兴奋地拱起背和尾巴。我以前注意过，她总是上瘾似的抚摸它，好像那是她的命根子。猫咪山迪像是她的救生带，不抓住就会被淹死似的。

下午我去图书馆借了一摞书，好在圣诞节读。我自然要续借那两本被我丢掉的书。但多话的管理员小姐看了看文件，说我必须把书带来让管理员过目，否则就不能续借了。

啊哦！麻烦终于上身了。

我肯定看上去很吃惊，因为她说：“可以续借那些书，但本郡的规定是，在图书借出一定时间之后我们得确定那些书还在。”

“天啊，但事实上，你看，妈妈和……书出了些意外。”

她质疑地扬起眉毛。

“对，意外。”我的头脑飞速地转着。我能说什么呢？“一只狗，不，两只，一只很凶的斗牛犬，和一只……一只贵妇犬，袭击了妈妈，把书撕成了碎片，然后……吃进了肚子。她只受了点儿轻伤，但神经受到了影响。”

我想她信了我的话。

“我知道了，狗把书吃了。多么新奇啊。那么，也许你得叫你妈妈来一趟，因为得交罚款。”

“罚款？”

“对。”

“多少钱？”

“让我看看。”

她走到后台打了个电话。

“那些不是新书，亲爱的，赔十镑就够了。”

十镑！我把买圣诞礼物剩下的钱全给她了，总共十镑。因为尴尬我感觉脸涨得通红，但也确实松了口气。唉！我以后再也不说谎了。

“不用现在付，亲爱的。郡委员会把缴款单寄给你妈妈的。”

“不，不必了，这样就行了，这样就好。她愿意我现在付，真的。”

她让我等一下，她写张收据。

十英镑。谢天谢地我把大部分礼物都买好了，剩下的我自己做吧。

第二天我在等邮件，尤金来了，他是以前在游隼村的老邮差。他还记得我。我拥抱了他，并祝他圣诞快乐。妈妈请他进屋，他站在厨房里吃了碎肉馅饼，喝了杯葡萄酒。他说因为圣诞邮差紧缺，他现在暂时也负责这块地区。他带来了一大堆圣诞贺卡。有一张是萨默给我的，卡上有她和我在伦敦学校的另外两个女同学的照片，是在电话亭照的。她们看起来是那么快活，无忧无虑。我突然特别想念她们。我已经好几个月没有想到过她们了。

爸爸也给我寄贺卡了，耶！他还给我寄了信和三十英镑圣诞节零用钱。十九岁的泰国小女友鲁克已经成为历史了，他又换了个叫娜塔莎的女人。他没说她多大。妈妈大笑，说他无可救药了。听起来竟然毫无嘲讽的意思。

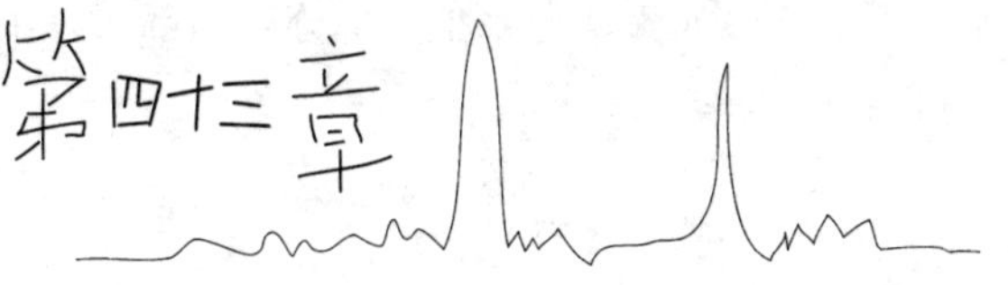

第四十三章

我又回到了“艺术和艺术家”书店，要看那本关于艺术品和手工艺品的书。这是本很大的书，店员帮我从架子上拿下来，我坐在书桌前，打开了书页。

过一会儿，我要给阿利斯戴尔打个电话。

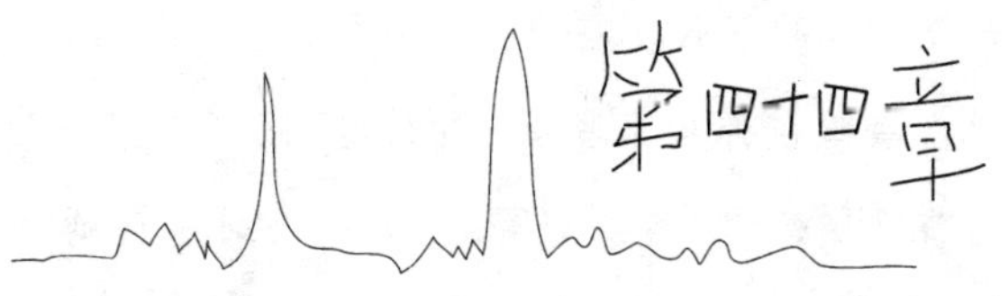

降临节[1]日历[2]上只剩下五格小窗户没有打开了，还有五天就是圣诞节了。可能是长大了的原因吧，我已经不像小时候那样热切地盼望圣诞节了，像这样准备过节是为了妈妈，她喜欢十足的圣诞味儿。

昨晚，来我家过圣诞的客人都到了。戴西和格蕾丝逗弄着正在花园里晒太阳的猫咪。格蕾丝年纪比我小些，却比我高了将近四英寸。她们姐妹俩看起来相处得不太好，因为我常听到隔墙的争吵声。我一直希望自己能有姐妹，现在看来这也未必是件好事呢。我们不能选择家人，却能选择朋友。

1 基督降临节，亦称“将临节”。自圣诞节前四个星期的星期日起，至圣诞节止，为迎接耶稣诞生的这段时期。

2 降临节日历，基督降临节日历尤其是针对儿童而言，这种日历共有二十四个可以打开的“小窗户”，从12月1日起到12月24日止，最后一个“小窗户”为圣诞夜。

我们家邀请了他们全家来过圣诞节。

我们在布雷特家吃午餐。差一点就来不了了，因为妈妈肚子不舒服，实在没精神参加聚会，而且她确确实实得不断地跑厕所。是看见我穿戴齐整，只等出发时，她才强打精神，开始准备。妈妈脸色苍白，不过穿上黑色套裙、黑靴子，再戴上一串长长的红绿玻璃珠珠项链之后，她看起来蛮漂亮的。

我把送给布雷特的礼物带来了。妈妈和我为赫莉和史蒂夫准备了一盒裹着可可的杏仁、一瓶澳大利亚葡萄酒，还有一大包可以装在鸟食罐里的谷粒。

我穿了一条卡其布灯笼裤，一件长袖T恤，上面缀着亮闪闪的小红点儿。妈妈在特鲁罗花了不少钱给我买衣服，除了这些，她还给我买了一双红色马汀靴——都作为圣诞礼物提前送给我了。我的头发刚修剪过，喷了好多发胶，每根头发都像钉子似的直立着。没戴帽子。妈妈说，我看上去真是“可人的淘气包”！

“‘可人儿’是什么意思？”

“就是迷人，漂亮。”

有点夸张了，不过我自己也感觉比平时更“像个人”了。

他们的客厅里放了一棵巨大的、直顶到天花板的圣诞树。虽然天不冷，不过史蒂夫没有坚持到外边烧烤，我喜欢这样。客人很多，孩子们显然在学校已经有好多朋友了，大多数客人我都不认识。妈妈倒是认识几个，其中自然包括阿利斯戴尔，他今天穿着一件黑衬衫，配上一条橙粉两色的领带，挺帅的。是他开车带我们来的。

海滩上的那家人也来了，就是教父那一家子。我过去跟他们家那个小仙女一般的金发女孩儿打招呼，询问关于沃伯特的事。我觉得那只怪怪的猫应该是叫“罗伯特”，只不过这个女孩儿发不清R的音，所以成了“沃伯特”了。

“他还好，整天待在火炉旁的一张老羊皮上取暖。”

我和布雷特来到花园里。我向渡鸦布迪问好，那家伙站在树上斜着眼睛满腹狐疑地打量我，然后拍拍翅膀，扑棱棱飞落到布雷特肩上。他顺从地让我轻抚他艳丽的脑袋，哦，别误会，我是说布迪。布雷特则轻声慢语地夸奖着布迪，说他有多漂亮。他真的对鸟儿很在行。

我想象自己是渡鸦布迪，能得到布雷特如此充满爱怜的轻抚。我把尖尖的鸟嘴伸到他摊开的手掌心上，像只鸽子一样咕咕地柔声叫着。他抚摸着我翅膀上的羽毛，我朝他挥挥双翅。算了吧，别胡思乱想了，傻瓜，我提醒自己。

“格西。”是布雷特在叫我，布迪已经飞回到树上去了。

“嗯？”

“没什么……我喜欢……你的靴子。”

“布雷特？”

“嗯？”

“茜迈今天会来吗？”

“不，她今天不来。”

“你，你是不是，她是不是……”

“她是个笨人，格西，她很无聊。”

“哦，布雷特，你真这么想吗？”

“当然，我更喜欢你。”

他和我击掌，拍了拍我的头，并不在意我头上的发胶。

我们和克莱尔、加百利、特洛伊一起，在圣·艾夫斯青少年戏剧团观看圣诞表演。加百利坐在我旁边，急切地想告诉我他的最新消息。原来是他们收养了那条小黑狗。当我告诉他，是我和妈妈发现她，并且把她带到兽医那儿时，他用崇拜的眼光看着我，仿佛我是他的英雄，哦，应该是女英雄。

“你们给她取了什么名字？”

“珍娜。”

“你家的猫咪喜欢她吗？”

“它们总是躲着她，因为她老是蹿上蹿下的。”

我几乎没认出菲德拉来：她的头发盘到了头顶，妆化得极浓——脸上画着绿色和紫色条纹，嘴唇涂成黑色。演出中菲德拉得换三次戏服，她穿芭蕾紧身连衣裤、亮片紧身裤和高跟鞋时都漂亮极了。她歌唱得很棒，舞跳得也很好。

中场休息时，我碰见了教堂里坐在我旁边的那对夫妇。下半场演出时，我又从演员中认出了他们的小女孩。整个晚上大家都玩得特别高兴，只是对我来说有点太长了，还有就是我不太喜欢干冰做出的烟雾之类的东西。不过最后大家一起欢歌，我们唱了《我憧憬着银白色的圣诞节》[1]、《铃儿响叮当》，还有几首圣诞歌曲。歌声中我突然感觉到节日的来临，找到了圣诞的感觉。

1 西方圣诞节名歌，英文名为《I'm Dreaming of a White Christmas》。

第四十五章

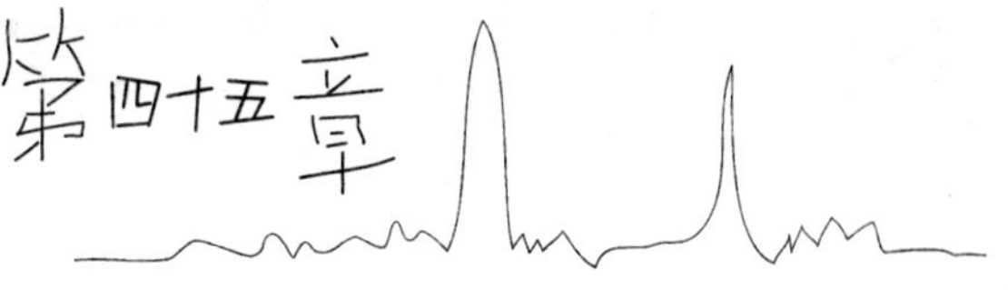

刚才的这段对话让我十分难为情。

妈妈："格西，我想和你谈谈。"

我："啊？"

妈妈："我听说了关于葬礼的事情。"

我："葬礼？哦。"

妈妈："是的。"

我："然后呢？"

妈妈："嗯，你想给我讲一下这件事吗？"

我："不想。"

突然眼泪从我眼睛里涌了出来，怎么也止不住。妈妈将我拥入怀里，紧紧地。她不小心碰到了我的刀疤，有点疼，不过我没有出声。

于是我告诉了妈妈关于那些书的整个故事。我一定要全都告诉她。我发现承认错误以后心情舒坦多了。内疚是一种太过沉重的负担。妈妈十分善解人意，当我讲到那个流浪汉看到我了，她竟然笑了。

“格西，我理解你寻找家人的举动，不过宝贝儿，你要明白，你不仅仅是史蒂文森家族的一个小成员，你是你自己，你是独立的、独特的，与众不同的。你不是一幅家庭拼图游戏中的一小块，你自己就是很精彩的。”

“可是妈妈……”

“不，格西，听我说，我知道，就因为我是你妈妈，所以我的评价会有偏颇。可你是我最棒的格西，你的思想和梦想，你神奇的经历，好的、坏的，你去过的那些地方，你对爸爸、外公和外婆的爱，甚至你看的书，你爱的电影，尤其是你的想象力，这些使你成为你自己，独一无二的格西。知道吗，格西?”

我从没有抽泣得这么厉害，并不是因为难过，而是我第一次印证了：妈妈真的爱我。不，这么说不对，我当然不是说我第一次觉得妈妈爱我，而是妈妈第一次这样向我解释我自己。她真的懂我。这是幸福的哭泣，而幸福的降临方式竟如此奇特。

我意识到这一刻是如此重要、如此珍贵，它可以和一切最美好的事物媲美，就像看见转瞬即逝的流星，或是听见真正美妙的音乐。妈妈爱我，我感到极其幸福。尽管我仍然害怕更多的疾病、气喘或疼痛，就像我害怕手术甚至更糟的——不能手术，但现在这些又有什么关系呢，此刻我很幸福。妈妈和我，互相关爱，互相理解，这才是真正重要的啊。

我问妈妈是怎么知道我去了葬礼的，她说是在理发店遇见的一位年老女士——史蒂文森夫人告诉她的，当时她坐在妈妈旁边理发。阿利斯戴尔说，板球比赛上的端茶小姐也问到了我。

在这个小镇上，人们是藏不住任何秘密的。就算是挖完鼻孔之后吃掉鼻屎这种小事儿，不出当天全镇就都知道了。

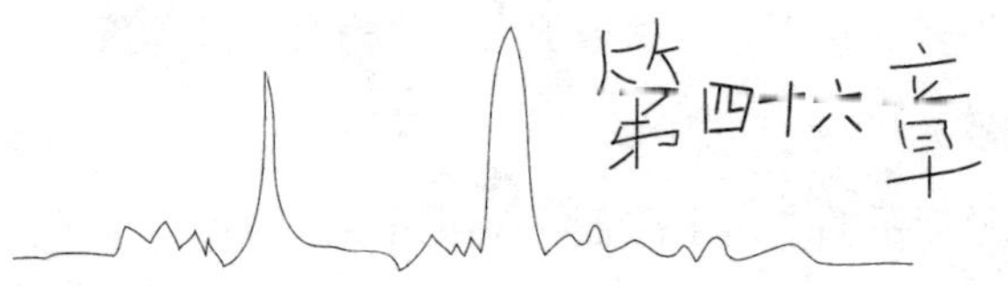

第四十六章

本地肉店送来了妈妈订的火腿、自由放养的火鸡肉、腊肠肉，还有熏猪肉。随后，妈妈就开始对这些肉施魔法了：腌制火腿，清洗火鸡，用柠檬、洋葱、月桂等香料料理内脏，还要准备填充火鸡的各种馅料儿。我帮忙搅拌面包粉、切芹菜，不过总是笨手笨脚的碍事儿。妈妈喜欢做各种家务，她说家务活儿让她自我感觉很好。

烘盘里摆上了肉馅饼和香肠卷，都是为明天准备的。我们邀请了所有的新朋友明天中午来喝茶、吃点心。

圣·阿拉教区的教堂随处可见冬青树和蜡烛，还有孩子们——我们三十多个孩子，或站或跪，围拢在耶稣诞生塑像周围，听牧师讲圣诞故事。前排一个很小的女孩儿突然用稚嫩的声音大声问道："婴儿耶稣在哪儿呢？"牧师说他还没出生呢。终于讲到了耶稣诞生在马槽中了，该唱《马槽歌》[1]了。教堂里还有许多成年人，牧师告诉大家，一会儿只有孩子们要唱《马槽歌》。

妈妈已经把手帕拿出来准备好擦眼泪了。为什么孩子们一唱这首颂歌，连大男人都会掉眼泪呢？这首歌怎么会那么感动人呢？

我们都手捧蜡烛，特别小的孩子也不例外，我真担心他们会把点缀在石板上的稻草点燃。布莉吉特的眼睛在烛光的映衬下显得更加明亮。加百利也在孩子们当中，他双眉微蹙，正盯着马槽旁边的牛羊模型。先是清脆的童声合唱第一节，之后牧师问有没有人愿意独唱第一节，布莉吉特马上举起手。她站起来唱道：

远远在马槽里，无枕也无床
弱小的主耶稣，睡得很甜香
众星星凝望着，主睡的地方
弱小的主耶稣，睡在干草上。

牧师谢过了她，然后问谁愿意独唱第二节。一个九岁左右的女孩唱了第二节，不过她停下来好几次想歌词。接着牧

1 最初以童谣形式出现在星期天教会学校的课本中，后经谱曲，成为所有英语国家儿童圣诞节时在教堂必唱的一首歌。

师又问，看谁最勇敢，愿意独自唱第三节。加百利居然把手举得高高的，自告奋勇。我真吓了一跳。天啊，哪有人能知道而且记得住第三节的歌词啊？我的心提到了嗓子眼儿，替加百利捏着一把汗。如果不知道歌词，我是绝对不会主动去唱的，那不是邀请别人看我怎样丢脸吗。那种感觉就好像那个梦：你站在舞台中央，却忘记了台词。

只见可爱的加百利站到我前面，手中的烛光在闪烁，他的嗓音甜美而圆润：

众牲畜呜呜叫，圣婴忽惊醒
弱小的主耶稣，却无啼哭声
我真爱主耶稣，敬求近我身
靠近我小床边，守我到天明。

哇！他唱下来了，我真为他骄傲！

这时，所有的人齐声唱了起来。不知怎的，大人们刚一唱出歌词，一毫秒都不用，我们一下子也记起了歌词：

恭敬求主耶稣靠近我身旁
爱护我，接受我做主的小羊
也保护众孩童，一齐都安康
教我们都能够跟主到天堂。

全体孩子，还有几位大人纷纷随着歌声把蜡烛放到一个专门的烛台上，烛台摆在小礼拜堂的一侧，或者应该叫圣坛吧。我把自己的蜡烛吹灭了，因为我喜欢蜡烛吹灭后的味道。这么多点亮的蜡烛也没有引起教堂火灾。

我们回到位于巴侬山上自己的家里，和妈妈一起吃了晚饭——奶酪和面包、肉馅饼、浓奶油和热巧克力。我还有些礼物没有包装好，妈妈也是。

我从旧圣诞贺卡上取下银箔做的装饰条，做成礼物标识：这是外婆教我的回收利用贺卡的方法。我累了，可我真的很想很想深夜时走到屋子外边去，聆听回荡在老城上空的圣诞颂歌。

我们身上都裹着好几层厚厚的羊毛衣，戴着帽子、手套和围巾。浊浪在船台周围翻滚，港口前渔村的入口处漂着几条死猪。哦不，不是死猪，是沙袋，不过看起来特别像猪。起风了，越来越大，海鸥在空中盘旋着，大声鸣叫着。月亮幽幽地一会儿出现，一会儿又躲进云朵。天穹忽现一颗明星，转瞬又不见了。

几十位歌手聚集在露天广场后面，那是波士米尔海滩的居住区。黑压压的庭院里一片欢声笑语，人们挤在一起，相互问候，放声欢笑，仿佛大家都彼此熟识。我和妈妈站在人群后面，躲在一个有顶的车棚下。

忽然安静下来，只听见海鸥鸣叫，还有风起海啸的声音。有人开始低声领唱颂歌的第一节。接着，八十位歌手齐唱，歌声回荡在庭院里，刻在人们的脑海中，珍藏在每个人的心底。没有乐器，只有从喉咙、声带和口腔里发出的声音：深沉的男低音、浑厚的男高音和甜美的女声。真美。这和声让我想起了那个葬礼。

三首颂歌唱过，聚集在这里的人群挪到老人之家后边的小广场上，就在泰特那边。颂歌间隙，歌手们大笑聊天。不断有歌手到来，围观的人也越来越多。我们只能听，不会唱，不熟悉当地颂歌里的和谐和重复。有些歌的歌词很熟悉，但曲调却很陌生，像《牧人闻信》[1]等。今晚我一点都不冷：身边拥挤的人群，他们高昂的热情深深地感染了我，一种热辣辣的归属感油然而生，这种感觉我也说不清楚……是宗教？是信仰？

从圣·艾夫斯所有教堂传出的圣诞颂歌合在一起，飘过一条条鹅卵石小路，回荡在通往波士威登海滩的小道上。人们不禁打开卧室的窗子，一道道敞开的房门前都站着身着睡衣、睡袍的人们，静静地聆听在夜风中飘扬的颂歌。

我听见一位老态龙钟的妇人对别人说：“我打三岁起就住在这个村子里。刚搬来时水都没有，得用水罐到公共水管去接水。没有电，也没有天然气。我们家厨房里有盏油灯，回卧

[1] 英文原名为《While Shepherds Watched》。

室睡觉时得带上它，要么就得点根蜡烛。那时候哪有什么冲水马桶，每天晚上人们都去沙滩上倒掉桶里的粪便。”

我觉得这听起来简直就是中世纪的生活。她还说：“唐浪街的老村庄里几乎没有当地人了，现在的好立迪村也是。很多年前，那些村子说是因为不干净而受了诅咒，于是当地人都搬到了当局管辖区居住，就是我们所说的‘保留区’。”

风更大了，把老太太的话音吹散在夜空中。我们相拥在门厅的楼梯上，又听了妈妈最喜欢的一首颂歌：《在寒冷的冬季》。雨点飘落，一把把雨伞撑起来，被风吹得翻上去了，像一群张大嘴巴吵吵嚷嚷的乌鸦。

我们依依不舍地离开了。月亮又躲在了云后。我们走过福尔街，圣诞小灯在风中摇曳，小树被小灯照得通亮。爬上巴依山时，我们坐下来休息，我和妈妈两个人在伞下互相依偎。妈妈紧紧抱着我给我温暖，把我的胳膊搭在她的肩上，搀着我走完剩下的路。

我一心期待着明天。不仅仅是想看看自己的礼物，更期待着看看妈妈打开我送她的礼物时的表情。

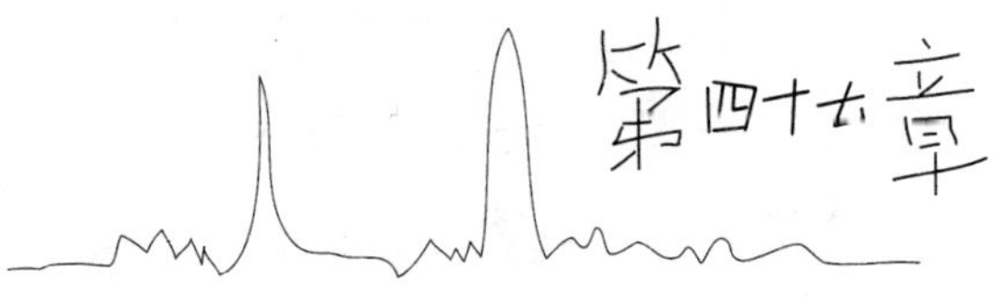

第四十六章

我打开降临节日历的最后一格小窗户，里面画着耶稣出生的场景，有圣母玛丽亚、约瑟夫和新生儿耶稣。

圣诞夜的单词是“温良”：适宜的，仁慈的，友好的，温和的。

风停雨歇，海面很平静，而太阳仍带着雨意，阳光清清淡淡的。妈妈坐在前门门阶的垫子上，喝第一杯咖啡，抽着烟。她转过身来看到我，冲我微笑。

“圣诞快乐，妈妈。”我给了她一个大大的拥抱，亲了亲她的脸颊。

“圣诞快乐，宝贝儿。”

圣诞树下五光十色的包装盒摆了一地。弗罗从最低的树枝上够了件小饰品，把它朝着墙边的踢脚板来回碰撞。看起来她玩得很开心。妈妈把小饰品扫进垃圾桶倒掉了。我打开猫儿的礼物，他们和包装纸纠缠了好一会儿，玩得不亦乐乎。兰博的毛上粘上了透明胶带，吓得赶紧逃跑，在身后拖着一长条胶带。只有弗罗足够聪明，她在玩玩具老鼠，两只爪子把小鼠扔出去又捉回来，反复不休。

“我们能打开礼物了吗？”

“等吃完早饭吧。阿利斯戴尔大概十一点左右来，客人十二点半后过来。”

“现在几点？”

“九点半。”

“好吧。等得还不算太久。我能打开一件礼物吗？就一件。”

“那就打吧。”她戴上眼镜，选了金色薄纱包装的小盒子。

我打开盒子，里面是一个很精致的银白色珐琅胸针，做成了海鸥的形状。

“哇，真漂亮，谢谢你，妈妈。”

“后备箱甩卖时买的。”她说。

我让她打开了装着一罐盐渍核桃的盒子，她很喜欢，立刻放到嘴里吃了一块。

猫儿也捕捉到空气中欢天喜地的节日气氛了。早饭过后，他们全都跟着妈妈进了厨房。妈妈要收拾火鸡了，有点儿恶心。不过这让我想起外婆，她收拾火鸡时常常把手伸进煺了毛的火鸡屁股里呢。

我在鸟食罐儿里添了些新鲜花生和葵花子。托马斯太太又在院子里晾衣服，我朝着隔壁家的女孩儿们挥手打招呼。我都能看见她们坐在前厅里拆礼物。幸亏我们多备了些礼物给那些漏掉的人：小袋的金币巧克力，还有救助儿童会商店出售的闪亮的圣诞老人胸针。

弗罗、兰博和查莉又跟我进了院子。

啊，在这儿真开心！弗罗趁其不备抓了一把查莉颈背上的毛皮。可怜的查莉。

“嘘，坏猫咪，圣诞精神哪儿去了，不是该对所有猫咪都要友好吗?”

兰博很勇敢，他坐在前阶上，和电话线上歌颂圣诞的八哥聊了起来。

阿利斯戴尔来了，他站在后门口，怀里抱满了小包裹和冰香槟酒。

他拥抱了我，祝我圣诞快乐。他身上的味道很好闻，像混合了柠檬、石楠花和旧呢子大衣的味儿。阿利斯戴尔倒好香槟酒，甚至也给了我一杯，大家围着圣诞树坐下，我扮圣诞公公给大家发礼物。我给自己拿了个方形小盒，里面是一个带麦克风的小型磁带录音机。

“这礼物真酷，谢谢你阿利斯戴尔。明年我就用它去录人们在街上唱的颂歌。”

妈妈很喜欢我做的眼镜袋，把它挂在厨房的记事板旁边了。

妈妈送给阿利斯戴尔一条蓝绿条纹的漂亮领带，我送给他一本板球日记。

阿利斯戴尔送给妈妈的是一瓶她最钟爱的香水——名为“Y”的圣罗兰香水，还有一条琥珀长项链，看上去很像一串烤熟的豆子或小香肠，只不过更闪亮些。

她立即把脖子上红绿色的珠子项链摘了下来，戴上琥珀项链。项链配上她黑色的天鹅绒长裙，确实很好看呢。

我还收到了一本《费伯[1]童谣集》，一件带帽的海军绒衣服，一双过膝的条纹袜子，还有一件宽大的卡其布马甲，马甲上满是大大小小的口袋，可以装我的胶卷和镜头。还有一个华丽的仿毛皮笔记本，一板儿纤维笔。

妈妈很喜欢那张她祖父的战争勋章照片，她几乎无法相信是我自己上的色。

爸爸给我寄了胶卷和一个影集，还有一本简·博文的肖像摄影集。

妈妈和阿利斯戴尔坐在沙发上，看上去很幸福，他的胳膊挽着她的腰。

“谢谢妈妈，这些礼物我都很喜欢。”我说道，走过去亲了亲她。

“宝贝儿，你还没有打开最大的礼物盒呢。”

---

1 费伯，即费伯出版社，英国著名独立出版社，曾发掘和出版了T.S.艾略特、庞德、特德·休斯等文学名家。

“什么？哪儿呢？”她指了指树后面藏着的几个大盒子。

“这是给我的吗？”我飞快地扯开包装，简直不敢相信！一台电脑！还有打印机和键盘、屏幕，各种组件、电线，鼠标和鼠标垫。甚至还有一令[1]打印纸！爸妈合送了这个礼物。

阿利斯戴尔说明天帮我把电脑安装好。我简直要高兴死了。现在我能做个真正的作家了！

“你也还没看过你最大的礼物呢。”我对妈妈说，同时冲着阿利斯戴尔微笑，他冲我诡秘地眨了眨眼睛。“是我和阿利斯戴尔合送的礼物。”

我递给她一个很沉的礼品盒，盒子用金色和红色彩纸包好，上面系了大大的金色缎带，是两年前从圣诞蛋糕上拆下来的包装带。

阿利斯戴尔又倒了一些酒，我们小口地吃着核桃和杏仁干果。

“里面是什么？我要现在打开还是留着以后打开？”

“现在打开。”阿利斯戴尔和我齐声说。

她小心地拆开包装纸，叠好放在一旁，像外婆从前那样，以便留着下次用。是一本旧书，封面是张手工制作的椅子照片。

“啊，这书真漂亮，格西。”

我能看出来她有点儿茫然。（昨天的每天一词，我都没来

1 令，纸张计数单位，一令印刷纸一般为五百一十六张。

得及想起它，更别说用它造句了。意思是：迷惑，没有头绪。）

“翻到八十五页，妈妈。”我说道。

那一页上提到了我的曾祖父阿莫斯·哈特利·史蒂文森，称他为圣·艾夫斯市的画家、摄影师，还附上了一小段他的生平简介，其中提到他孩子的名字：门泽斯，幼年夭折；约翰，十八岁死于海上；菲，后来成为画家，嫁给了工艺大师和家具巧匠詹姆斯·达林；哈特利，商人。

“现在翻到四十页。”我对她说。

詹姆斯·达林，生于一八八四年，卒于一九四二年，为著名工艺大师和室内及建筑家具巧匠，与艺术家菲·史蒂文森结婚（菲为康沃尔著名摄影师阿莫斯·哈特利·史蒂文森和小说家玛丽·门泽斯之女）。二人育有一子，阿莫斯。

“菲？詹姆斯·达林？阿莫斯的妈妈是你哈特利祖父的妹妹？”她惊讶地睁大眼睛，“这么说来我们和达林家是亲戚？”

“是的，妈妈，对头！我们和达林是一家的。而且爸爸的祖父是著名的摄影师阿莫斯·哈特利·史蒂文森，菲的儿子阿莫斯就是以他的名字命名的。”

“太神奇了！那么加百利的外婆菲就是你的姑奶奶了？”

“要不是格西去做了研究，你可能永远都不知道呢。”阿利斯戴尔说道，“我想，咱们得再来杯酒庆祝一下。”

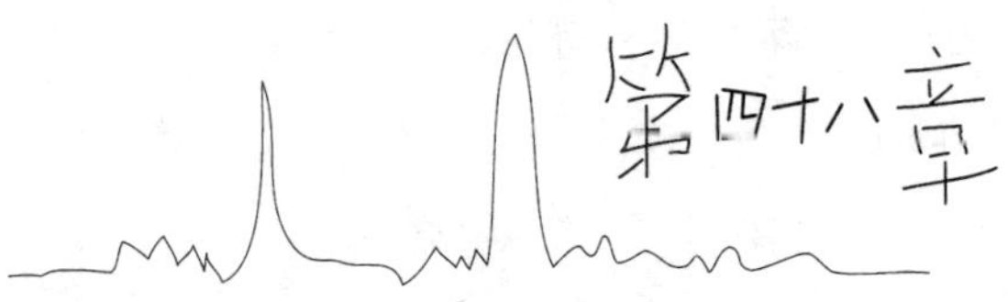

第四十八章

一切都准备好了：冬青花环挂在了前门上，圣诞树的小灯都点亮了，桌子铺上了新浆过的白色亚麻镶蕾丝桌布，装满了坚果、水果和各种零食的盘子整齐地摆在蕾丝小垫上。猫咪们都打上了红色的领结，妈妈说他们如此粉墨登场，看上去还挺人物的呢。

长着一双大耳垂儿的阿诺德也带着他的妻子来了，他妻子的长相很普通。同时到达的还有尤金，他装扮成了圣诞老人。

妈妈一点儿都没透露给我她邀请了吉妮。见到她可真开心。她拥抱了我，还带了份皇家鸟类保护协会的会刊。一会儿我还要问问她小银鸥帕普的情况呢。

布莉吉特一家到了——（荡妇SS没来，她冻着了，得了重感冒。真丢人，让她再臭美。）布雷特、海莉和史蒂夫都来了，他们把大包小包的礼物放到圣诞树下。托马斯太太穿着她的礼拜服来和我们共进晚餐。洛恩夫妇给妈妈带了一瓶威士忌，给我一大袋巧克力。游隼村的邻居们都换上了精致夸张的戏服——十八世纪的装束——来为新年前夜的狂欢彩排。最后到达的是姗姗来迟的贵客——达林一家都来啦。

菲德拉和特洛伊刚在屋里听我说完我们是表亲，就迫不及待地冲出门去了，他们的朋友们正在巴侬停车场的一辆“甲壳虫”里等着他们——他们要去菲斯切海滩[1]冲浪。妈妈和克莱尔热烈地拥抱着，如同失散多年的姐妹。阿莫斯温和地微笑着。哈哈，我又用上今天的词啦。

菲把我亲了又亲，说：“欢迎加入我们疯狂的大家庭，格西！对了，别叫我姑奶奶之类的，叫我菲就好。”

她左边拥着我，右边抱着加百利，说：“这是我收到的最好的圣诞节礼物！”

我也这样觉得。

“菲，能讲讲我的祖父吗？”

“哈特利？呃，实际上我不怎么了解他，宝贝儿，他大我太多了。我很小的时候他就离开家了。我们后来也很少见到他，他总在忙些快速致富的法子。我想他是去了普利茅斯和布里斯托，然后回到家，和你祖母结婚，经营了一阵子汽车销售公司。”

[1] 位于康沃尔郡，是英国最具盛名的冲浪海滩之一。

“我祖母是个怎样的人呢?”

“嗯，我父母不怎么喜欢她，我记得。有点儿像傍大款的女孩儿，你知道吗，很漂亮，但是不适合哈特利。可他这个人耳根子太软，很容易就给迷惑了。”

晚些时候爸爸打来了电话，祝我圣诞节快乐。我谢了他送我电脑，说阿利斯戴尔会帮我安装好，还告诉他达林家原来和我们是亲戚。

你猜他竟然说什么？他到底还是不来看我们了！我都没等他解释理由。我才不在乎是什么理由呢。就算是他摔断了腿我也不在乎。或者两条腿都摔断了也没关系。我直接把电话转给妈妈，一个字都没再跟他讲。

“怎么了?”妈妈说，她看着我，我的脸色难看极了。

“我就知道不会有这么好的事儿。”我气哼哼地回到自己的房间。

第四十九章

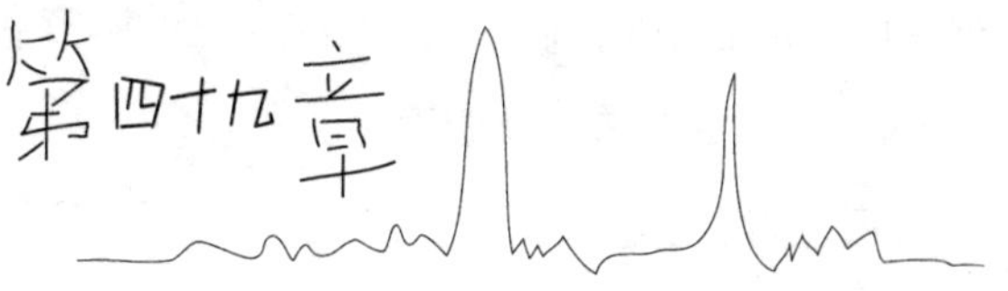

我们必须马上出发。

我的救生呼机早上六点钟突然响了。妈妈给移植协调员打了电话，他们说有了合适我的捐赠者，要我们马上赶到医院。

啊，天啊，我几乎不敢相信！我就要有一副新的心肺啦！妈妈高兴得哭了，她把我紧紧搂在怀里。阿利斯戴尔开车送我们去医院，他的车和我们的比起来既宽敞速度又快，而且他正好有一周的假期。

托马斯太太会处理我们剩下的食物，今天她帮我喂猫咪，之后洛恩和达林一家会照顾它们直到我们回来，那可能得好几星期甚至几个月呢。

“什么也别担心，有我在呢。”托马斯太太说道，“我会照顾猫咪，照应一切的。”

我在想，托马斯太太那八十岁的心脏，

可能和我的一样在日渐衰竭，饱经摧残，就像一只被人踢了太久的气球，气都快跑光了，瘪瘪的表面布满皱纹，再也飞不起来了。可你看她不是依然活得很好，充满生命力吗？

我还想到了捐赠的心脏。它正在冷冻的容器里等着我吗？或者它还保持着体温，还在一个不幸遭遇车祸的躯体里跳动着，而那个肺正靠机器维持着功能？他的父母是不是还握着他的手不忍离去，他们要一直等到他的心和肺真的死去。他们是不是得签署自愿捐赠协议书，或者正在离去的人此前已经有了器官捐赠身份卡？

妈妈给爸爸打了电话，可是他又不在。

我带上了狗妞妞丽娜·伍福莱、板球帽、睡衣、人字拖鞋、T恤衫和一条宽松的裤子。医院里总是很暖和。我觉得自己就像在为去荒岛整理行装一样。带什么书好呢？我带上了《维尼的小屋》。查莉跳到行李箱里，坐在一摞衣服上——她想跟我一起去呢。噢，亲爱的查莉，我也很想让你一起去啊。

托马斯太太站在门口，向我们挥手作别，猫咪们闷闷不乐地挤在窗台上。这时突然下起了大雨，可太阳却执拗地从两块巨大的黑云中间洒下光芒，箭一般的光束照亮了整个小城。我不时回头望着，雨中一排排房屋白花花、亮闪闪的，美丽的海港上空一群群海鸥盘旋鸣叫，几条渔船正随着跌宕的波涛起起伏伏。

（京权）图字：01-2009-2438
图书在版编目（CIP）数据

花亭鸟／（澳）凯莱著；李平译．—北京：作家出版社，2009.9
ISBN 978-7-5063-5067-9

Ⅰ．花… Ⅱ．①凯…②李… Ⅲ．长篇小说—澳大利亚—现代
Ⅳ．I611.45

中国版本图书馆CIP数据核字（2009）第161844号

花亭鸟

作者：（澳大利亚）安·凯莱
译者：李平
责任编辑：翟婧婧
装帧设计：视觉共振设计工作室
出版发行：作家出版社
社址：北京农展馆南里10号　**邮码：**100125
电话传真：86-10-65930756（出版发行部）
86-10-65004079（总编室）
86-10-65015116（邮购部）
E-mail: zuojia@zuojia.net.cn
http://www.zuojia.net.cn
印刷：北京明月印务有限责任公司
成品尺寸：140×205
字数：110千
印张：8.75
版次：2009年9月第1版
印次：2009年9月第1次印刷
ISBN 978-7-5063-5067-9
定价：22.00元